JN170551

下町暮色

蜂須賀由記

くろにか舎
発売　はる書房

装画　おのでらえいこ
装幀　伊仏文一

下町暮色○目次

3

この世の話

4

日々随想

1　戦争のこと

水飴の話

　昭和十六年十二月八日に太平洋戦争がはじまり、昭和十七年四月十八日には東京にアメリカのB29による最初の空襲があった。その時から昭和二十年八月十五日の終戦の日まで我が国は昼夜別なく空襲を受けて、親戚、知人など身近な人が亡くなることも多々あった。はじめは痛々しいと思っていても、それが連日のようになると生き残っていることも、空襲で殺されることもみな運が悪いと思われて、あまり悲壮感はなくなってしまった。

　今、あの当時のことを娘たちに話すと、「今日は空襲で自分が死ぬかもしれない、と暗い顔を寄せ合っていたんでしょうね」と言われるが、そのようなことはなく、毎朝起きて家族と顔を合わせると「おはよう」の代わりに、「昨夜のお客様（空襲のこと）は、あっさり御帰還になったわね」などと話し合って怖いとも思わなかった。そして物騒な日常の中でも、時には何もかも忘れて笑いが止まらぬこともあった。

昭和二十年の終戦を挟んでの前後二年ほどは、都会に住んでいる人は、一部の人を除いて飢餓の真只中にいた。政府の主食配給は、成人一日に二合一勺(しゃく)しかなく、それすら次第に米以外の品になった。

はじめは薩摩芋であったのが戦争が激化するにつれて芋の蔓、芋の屑、大豆となり終戦の頃は大豆滓になり、それが主食同様の扱いで分量も一日一人当たり千三百キロカロリーでしかなかった。普通成人一日の最低必要カロリーは二千四百キロカロリーとされていたから、その半分ぐらいしか配給されなかったことになる。

だから国民はみな自衛手段を考えて、空襲で焼けたために空地になった土地を畑にして野菜を作った。

我が家の向かい側の家も早くに空襲で焼け、そこにいた人たちは、みな思い思いの土地に疎開し、不在になったので、私の隣組の人たちが耕し種を蒔き野菜を育てた。みなで代わる代わる水をやったり支柱を立てたりして世話をして、収穫は平等に分配された。

五月のある朝の十時頃、私は数日前に蒔いたインゲン豆が、やっと黒い土に緑色の芽を見せはじめたので、母を手伝って水をやっていた。この戦時下、元気な娘が軍需工場にも行かず、日曜日でもないのに農園の手入れをしているなんて考えられないことだった。その頃はせっかく大学に入学しても学習は二の次で学校から指定された軍需工場に徴用され、軍服とか落下傘（パラシュート）などを縫わされる日々だった。そしてそのような軍需工場は毎日必ず来襲するB29の恰好の目標でもあった。

ただ大学も、医大、薬大、そして栄養学校は徴用を除外されていたので父母は私に徴用逃れに栄養学校の受験を勧めた。

私も軍需工場で毎日ミシンを踏み、昼間やって来る空襲のサイレンのたびにビクビクするのは厭だったので一番入学できそうな栄養学校を受験することにして、その一年前ぐらいから黒い防空布を電燈の周りに垂らした暗い燈火の下で受験勉強をした。

なんとか合格し四月から通学していたので自由な時間はたっぷりあった。その代わりに家にいればいたで女子青年団の班長とか、隣組防空団の副団長とか、竹槍訓練の時の指導助手とかいろいろな役目がどっと押し寄せてきた。

私がインゲン豆の隣の支柱に葉を伸ばしているトマトにも水をやって、ヤレヤレと母とバケツを下げて帰ろうとしたら、「あ、ちょっと待って下さいよ！」と土盛りをして少し高台になっていた畑の下から重々しい声がした。

「ちょっとって、どなた？」

　母が聞いたら声の主が姿を現した。

　ガッシリした体を国民服に包んで頭にもカーキ色の帽子をかぶり、背中に斜めに渡した紐に鉄かぶとが下がっている。本当に一分の隙もない。それに太い長い眉毛の下にギョロギョロと大きな眼が光って、鼻の下には先をちょっとひねり上げた八の字の髭が偉そうに張りついている。年は四十代半ばに見えた。

　軍部から来たのでもない。警察からでもない。あッ、区役所からだと思いついた。きっと通学の届けが遅れて徴用の通知と行き違いになったのだと思った。

「あなたは二十歳(はたち)を超していて、また学校へ行くなんて。これは、あきらかに徴用逃れですね」

　などと言われたらどうしよう！と一瞬胸がドキンとした。

　その時、いとものんびりと笑いを含んだ母の声が、その張りつめた空気をやわらげた。

「あら！　闇屋の安さんじゃないの……」

　彼の偉そうな顔が崩れて人なつっこい表情になった。

「その闇屋は、よして下さいよ。僕なんか気が小さくて大きなことはできないけれど、すごい阿漕なことで儲けているやつはたくさんいるんだ。僕は闇といっても正規のルート、あ、ルートは敵性語だけど……正規の闇っていうのもおかしいね」

　と、帽子の上から頭を叩いた。

「今日は、ずいぶん、キチンとしているのね」

　母が上から下まで見廻して言う。

「今日は家の近所で在郷軍人の会があったんで……」

　聞けば軍隊では陸軍伍長さんであったという。

「で、今日はご商売の方は？」

「そうそう、奥さん、この間の牛肉どうだった？　おいしかったでしょう。今どきあんなのはなかなか手に入らないんだけど、隣組のみなさんがみんなで分けるって言うから安く売っちゃったけれど……」

　恩きせがましいことを言う。

　母は眉をひそめるような顔をした。

「みんなで分けたけど、少しかたいところもあって、本当に牛肉なのかしらって……」

それから少し笑い顔になって、

「空襲で飼い主が死んじゃって、ウロウロしていた赤毛の犬がいたでしょう？　赤い犬は、まあまあうまいということだから、もしかしたら……と、誰か言っていたわ。だってあのアカ、この頃見かけないもの」

「ひどい！　ひどい！　誰ですか、そんなことを言うの。あのアカ犬ならこの間、御徒町の省線のまわりの闇市の雑炊屋の近所をウロウロしてましたよ。この辺にいても誰も何もくれないからね」

安さんも笑いながら反論していたが、

「さて、今日は、珍しいものを持って来たんだ。ちょっと待って下さいよ」

と、自分の自転車の停めてある道路の方に下りて行った。

私は、それを機に母の使ったバケツやスコップなどを集めて家に持ち帰った。安さんが今日は何を売りに来たかと興味深かったが、母が闇屋なんかと冗談を言い合っているのを聞くのが厭だったからだ。

もう昼近くになって朝御飯として食べた農林何号とかいうまずい薩摩芋の残りを茶の間の食

卓の上に並べたりしていた。

　母は機嫌の良い顔をして帰って来たが、畑仕事で汚れた手足を風呂場で洗って、茶の間で私と顔を合わせると、はじかれたように笑い出した。

　私としては母の笑いの原因がわからないのでなかなか笑い止まない母に腹が立ってくる。

「何よ！　自分だけ笑っていて！　大体あんな闇屋なんか相手にして……本当に厭になるわ!!」

　トゲトゲしい口調で言うと、やっと母は笑い止めた。

「ね、昨夜も空襲あったでしょ？」

「昨夜といっても今日の明け方の三時頃だったわ。ラジオが『東部軍管区情報』と二度繰り返して言ったと思うとすぐ『Ｂ29四機、帝都上空を旋回中』、そして『ボン、ボン』と高射砲の音が聞こえたと思ったら『Ｂ29は房総半島より脱去しつつあり』であまり早く脱去したから起きる間もなくて、そのまま眠ってしまったんじゃないの……」

「あ、そうだった、そうだった」と母は頷いて、「その時のＢ29が爆弾一個落としていったんですって、亀戸の方に……」

「ふーん、安さんの家、亀戸だったの？」

「違うわよ。彼は千葉の方に住んでいるのだけれど、その爆弾の落ちたところが面白いのよ」

母が思い出し笑いをしながら話したところによると、亀戸の町の中にいつからか小さいが戸締まりの厳重な倉庫ができて軍指定の票がつけられていた。夜中にでも作られたらしい。竹槍でも入っているのか、とみなで噂していたが、今朝の空襲で爆弾の直撃を受けた。倉庫は屋根も吹っとび、柱も折れて、その中の棚に積んであった品物が隣の空地にどっとかぶさり流れ出したという。

「何の倉庫だったと思う？」

「お米？　大豆？　メリケン粉？」

「全部はずれ。正解は水飴でした。今どき、甘いものなんか全然ないのに、軍隊には水飴なんかあったのね」

ちょっといまいましげに言ったが、また少し笑い声で話し続けた。

倉庫の隣の空地は前の空襲の時にできた。焼夷弾で家を焼かれて、家族はみな、栃木の方に疎開していき、今は持ち主のタイル屋が商品の置場として使っていたのだった。

タイルの洗面器具、女性用の便器、アサガオとも呼ばれる男性用便器が隣の倉庫の低い塀に寄せて立てかけてあったり積んであったりした。

小型爆弾だったのか、爆弾のはじけ方が良かったのか、たくさんのタイル製品の一部は壊れたけれど、大半は無事だったという。

その上に隣の倉庫の水飴の缶が落ち、缶が破れて幾筋もの水飴が尿のように便器の中に流れて溜まっていたそうである。

朝早く友達に誘われて安さんも、その水飴を杓り(しゃく)に行ったが、元手をかけての商売ならいいけれど、やっぱり、ただのものはもらいにくい。欲の深い者はバケツなんか持って行って移植用のスコップなんかで、ギジギジと全部はがして取り「ゴミがあっても一度煮て漉せばいいや」と杓っていたけれど、安さんは下の方は便器の面に触れていないところ、上は焼けた板などの燃えカスなんか散っていないその真ん中の清潔なところばかりを匙(さじ)で掬ってきたという。夢中になってやっていると、どうしても指に水飴がつくので舐めてみたらさすが、軍のものは、今、流行りの芋飴とは違って、そのおいしいことったらない。「ただ、辛いことに水飴が僕のこの髭にペチャペチャと跳ね上がってくっついちゃった。ベタベタして鼻の下が痒いようになるし乾いてきたらひっぱられて痛くて本当に閉口しましたわ」と安さん。しかたがないので早めに切り上げて、焼け残った床屋さんに行って洗って、飴を洗い落とした髭を良い恰好にしてもらったとか。

（ああ、それで今日はキリッとしていたんだ）

と、母は納得したらしい。

「で、その水飴は買ったの？」

私は聞くのも厭だったが聞いてみた。

百匁入りのお茶の缶に二本あったが、一本は半分床屋に料金代わりに湯呑に分けてあげたとのことだった。

そして母が茶の缶を覗いたら水飴はとろりとした琥珀色に透き通り何ともおいしそうだったそうな。

「で、買ったの？」

また怖々聞く。

「買わないわよ。安さんは元がただだから手間賃だけもらえばよいなんて言ったけれど、いくら安くしてくれても、新しいタイルでもその中に溜まっていた水飴なんか厭よ！」

「ああ、本当にそうよ。いくらおいしくても、その水飴を食べる気にはなれないわ」

私は安さんのことは前よりも少し好きになってきたけれど、それより母がそんな水飴を買わなかったことが嬉しかった。

「でもねー」と母はゴクンと唾を飲む真似をして「あれは食べたら本当に目が飛び出るほど甘くておいしかったんでしょうね」と少し残念そうに言った。

「だけど、人間には、どうしてもダメというこだわりがあるのよね……」

そう言ってまたクスクスと笑い出した。

「安さんが偉そうな髭を振りながら水飴を杓っていて、それが髭についてしまった様子を思うと……」

私と眼が合うと大きな声で、「あハハハーハー」と声をあげて笑った。

私もつり込まれて声を合わせて大笑いに笑ってしまった。今夜また来るだろうB29の空襲のことも笑っている時はちっとも気にならない。人間は本当に逞（たくま）しいものだと思った。

代用教員の時

一

戦時中、二ヵ月ぐらい小学校の助教（代用教員）を務めたことがある。あれは確か昭和十七年の春であった。

若い男たちは、みな赤紙（召集令状）が来て戦地に狩り出された。若い女たちは徴用（政府の指示で軍需工場などで就労させられること）で危険な場所で働かされた。

小学校に通う子どもたちは学校単位で空襲のない遠い安全な土地に学童疎開で行き、老人たちは田舎の知る辺を頼って疎開する人が多かった。家に同居している祖母（母の母親）は、いつも「私は知らない土地は厭だ。いつ爆弾で死んでもいいから最後まで東京にいたいよ」と言っていたが、友達も次々と疎開していくので、やっと周囲の人の説得に応じて誰かと一緒なら疎開してもよいと歩みよった。

祖母には、とりあえず私がつきそって行くことになった。女学校を出ていろいろと稽古ごとなどをしてのんびりしていた時なのだが、いつ徴用が来るか知れぬ日々であった。

疎開先は埼玉県S町で、ここは東京から東武電車で二時間ほどなのに、毎日空襲のたびごとに防空壕で息をひそめている東京生活とは違って別天地の感があった。

祖母の疎開を勧めてくれたのは父の知人の佐藤さんだった。

「おらの近所に来れば安心だよ。東京を爆撃に行くＢ29の編隊は毎日上空を通るけれど、近所には軍需工場も何もない。畑ばっかりだからアメリカさんもよく知っていて爆弾なんか絶対に落とさんからよォ」

そう言って、何軒もある持ち家の中の小さな家を空けてくれたのである。

疎開の荷物が狭い家にどうやら落ちつき祖母も私もやっとここの生活に馴れはじめた頃、少し離れた小学校の校長先生を佐藤さんが案内してきた。

四月に入学した男女合わせて四十九人の一年生の担任の、吉川先生という女の先生が二ヵ月間、文部省の講習を受けるので、その間、一年生をみてくれないかとのことであった。

私には、その経験もないし、資格もないからと断ると、「代用教員として勤めてもらい、今は男の先生が次々と出征していくので吉川先生が講習から帰って来てからもずっと先生でいてくれればよろしい。東京の軍需工場に徴用で通うよりずっと安全で将来性もあると思うし、あんたなかなかテキパキしているみたいだから、すぐに馴れて良い先生になるべさ……」と一心に勧めるのだった。

校長の熱心さと、佐藤さんが「あんたのおばあさんは息子の嫁に時々みさせるから」と親切に言ってくれるので、とうとう私は先生になることを承知した。校長は大喜びで次の土曜日の午後にいろいろと打ち合わせもあるから学校の校長室まで来るようにと地図を置いて帰っていった。

私はその土曜日の午後、一里近くの道をテクテクと歩いて学校まで行った。途中見渡す限りの菜の花畑に白い蝶がたくさん飛び交い、五月末の太陽は明るい光を惜しみなく降りそそぎ、穏やかな田園風景であった。

やがて目指す学校に着いた。小学校の名称が文部省の通達で国民学校となったので校門には墨くろぐろの新しい「S町国民学校」の木札が掲げられていた。その校門を通り黒土の広い校庭を横切り校長室に行った。

三日前に会った校長の前の椅子に若い女の先生が腰を下ろしていて、私が入っていくと、さっと立ち上がった。それが吉川先生だった。校長は二人を引き合わせると、

「では学校の中を案内してから教室で引き継ぎをして下さい」

と、二人を見較べるようにしながら言った。背丈も横幅も伸び伸びしてハッキリと大きな瞳の吉川先生と痩せて小さい私とを較べて何とも頼りにならないと思ったのに違いない。

「なーに、すぐ慣れるよ。大丈夫、大丈夫」

三年生までが一階の教室で四年生からは二階である。どの教室も広々としていて空いている部屋がいくつもあった。放課後のガランとした学校の中を一巡して担任の一年生の教室に戻ってくると吉川先生は私にいろいろと教えてくれた。

教壇の左側にある小さなオルガンを指して「弾ける?」と聞いた。

「あ、全然ダメです。ハ調のほかは音符も読めない。知っている曲を手さぐりで弾くだけ」

「一年生の音楽は、それで大丈夫。だんだんと勉強してゆけばいいわ」

と、言ってから、

「今度文部省が今までのドレミを廃止して日本流にハニホヘトイロハ……になるのよ」

と言いながらオルガンの蓋を開けて弾きはじめた。

ピアノならポロン、ポロンと優雅であるがオルガンはギュッと押しつぶしたような音がする。

それに合わせて吉川先生は明るいよく透る声で歌い出した。

「みんなで　がっこう　うれしいな

こくみん　がっこう　いちねんせい……」

それから今度は音符で、

「ソーソソ　ミソソ　ララドラソ……」

と歌ってから、

「トートト　ホホト　イイハハト……となるのよ。だから、お手手つないでは、ハーハニホトートイト……となる。はい、一緒に歌いましょう」

そして二人で声を合わせた。

「トートト　ホホト　イイハハト　ホホト　イート　イイハハトー」

歌い終わって顔を見合わせ大笑いである。

「まるで鶏を追っているみたいね」

そして一気に仲よくなってしまった。

「国語は読み書きができれば、今のところよいのだけれど、算数は、なかなか教えるの大変よ。

足し算はすぐわかったけれど引き算は、なかなか答えが出ないのよ。山本（私の結婚前の苗字）先生、何か上手な教え方を研究して下さい。それから……」

　と、言って何とも渋い顔をした。

「みんな素直な良い子なんだけど一人だけ悪い子というよりかわいそうな子がいるの……」

と言うので聞いてみると、竹田勇（たけだいさむ）というのがその子の名で父親は近所の工場に勤めていたが出征して今は南の方にいるらしい。祖父と母親が農業をしていたが母親は去年交通事故で亡くなり、今はおじいさんと二人暮らしである。優しかった母親はいないし祖父は頑固で無口な人なので勇と話などしないらしい。彼は淋しいので人の気を引きたいらしく、学校ではいたずらばかりしている。男の子の下駄箱に死んだ青大将を入れておいたり、隣の席の女の子の消しゴムを隠したりする。男の子とは叩き合いになり女の子は授業中べェべェと泣いてばかりいる。勇を叱ろうとすると彼はさっさと教室の窓から校庭に飛び下りて逃げて行ってしまう。

「そんな時は、絶対に探しに行ってはダメよ。こっちが心配するのが面白くて何度でもやるわ。放っておくとつまらないから自分で戻って来るから……」

　そして次の月曜日から私の代用教員一年生がはじまった。

二

「自転車に乗れるかい？」と佐藤さんが聞くので「乗れる」と返事をしたら使っていないからと古い自転車を貸してくれた。古いけれどピカピカに磨いてあってタイヤも張り切っていて乗り心地満点であった。朝早かったので飛ばしたら二十分足らずで学校に着いてしまった。先生全員が揃ったところで校長は私をみなに紹介してくれた。校舎や校庭は広々しているが本当に小さな学校であった。校長と定年間近な副校長とあとは一年から六年まで一クラスずつの担任がいて図工の男先生が一人、裁縫の女先生が一人、小使いさん（用務員）を入れて教職員十一人である。

朝、小使いの源さんの振り鳴らす大鈴の音で今まで校庭で遊んでいた生徒たちは朝礼台の前に学年ごとに二列に整列する。その日、校長が朝礼台の上で私を全校生徒に紹介してくれた。そして「山本先生、何か生徒に一言！」と、私を前に押し出した。私は挨拶の心づもりもなかったのでドキドキしたが、校長室の壁にかかっている扁額（へんがく）に「不動心」と書かれていて、校長の名の「昇」の雅印があったのを思い出した。

「校長先生が筆を振るわれた不動心という言葉は揺るぎない信念を持つということだと思いま

す。私も不動心を旨としてこれからは毎日励み、今直面している聖戦をやりとげるようにしたいと思います。生徒のみなさんも頑張って下さい……」

と、少し上ずってはいたが、どうにかまとめて一礼した。副校長はつまらなさそうな顔だったが、校長は案外だったという気持ちをこめた機嫌の良い弾んだ声で言った。

「なかなかよい御挨拶でしたね。山本先生は生粋の江戸っ子で言葉が標準語できれいです。私は、この土地の出身で、まだ訛りが抜け切れないところがあって大勢の前で恥ずかしいと思う時がある。とくに女生徒は山本先生の言葉をお手本にするとよいと思います」

私は面映ゆかったし、訛りはその土地の歴史からもきているし、地方地方を表す文化としてなくならない方がよいと思っていたので早く朝礼が終わらないかと思っていた。保健と兼ねて裁縫を受け持っている須田という先生の「この頃、学校やこの付近の梅の実が熟して落ちることがあるが、青梅はうまそうでも絶対に拾って食べてはいけない」という注意があってやっと朝礼が終わった。

みな各々の教室に入っていく。一年生の列について歩み出した時、二年生を担任している鈴木先生が私に歩み寄って来た。見ると左足を踏み出す時に左肩が大きく傾く。それで私はやっと不思議に思っていたことが解けた。

鈴木先生はまだ二十代。きりっとした容貌で体も逞しいと思い、この時局になぜ召集が来ないのかと思っていたが、それは左足が悪かったからだ。

「君は、なかなか挨拶が上手だね。けんどあまり校長を持ち上げてくれては困るよ。ただでさえ石頭なのに、不動心だなんて……」

鈴木先生は私の耳に口をつけるようにして言う。私は前を通っていく一年生の列を注意深く見守りながら耳は鈴木先生の言葉を聞いていた。と、列の前の方が乱れた。

（何か、あったんだ！）と私はドキンとし「あ、ちょっと失礼！」と鈴木先生を押しのけるようにして走り出した。

走りついてみると列の先頭の子が大きな蝸牛を踏みつぶしたということで何ごともなかった。一方、鈴木先生は私に押されて転んでしまわれたとかで、それきり私には近づかず口をきいてくれなくなってしまった。

しかし生徒たちは日が経つにつれ私に懐いてくれて毎日が楽しかった。

「先生」「先生！」と言われるたびに、はじめはむず痒い気持ちがしたが、少し経つと大昔から先生だったように振るまえた。

二週間目の水曜日、二時間目が算数だった。この前の算数の時間に「1」から「9」までの数字を十回ノートに書いてくるようにと宿題を出しておいた。

「宿題をやってきましたか?」

と私は先生らしい声で聞いた。

「ハーイ」と全員が答えると思ったら「そんな宿題なんかあったのかよ!　おら知らんかったよ!」と、ふてくされた声がして、後の窓から校庭に飛び降りる子がいた。

(あ、竹田勇だ!)と私が思うのと同時に、「イサムまた逃げたよ!」「吉川先生の時と同じだ!」「放っておきゃあまた帰ってくるべェ」

がやがやと生徒たちが言い合った。

私は吉川先生に言われたことを思い出して平気な顔で「放っておきましょうね。竹田君もバカね。自分が損をするのに……」

そう言ってからどの子のノートにも大きな赤い三重丸をつけてやった。

とうとう竹田君はその時間中には戻って来なかった。そして休み時間になってしまった。

私は校庭に出て竹田君を探して歩いた。吉川先生の苦労もよくわかる。校庭の東側に大きな梅の木があり、その後の方は縄が張ってあって赤い芥子(けし)の花が一面に今を盛りと咲いて爽やかな風にゆらゆらと揺れていた。この芥子の花は軍部から頼まれたもので、私も週三回放課後に、その花の雄蘂の元をヘラで撫でたり掬ったりする。すると、ほんの少し粘液が取れる。みんなのとった液を集めておくと軍から兵隊が受け取りに来る——麻酔薬を作るのに必要ということだった。

さんざん、あちこち探して校庭の隅の運動具を入れる小屋に辿りついた。ガタピシと戸を開けると窓もない真っ暗な中に一条の光が流れ込んで三畳ぐらいの小屋の中がおぼろげながらにわかる。ドッジボールで使うボールがゴロゴロ置いてある向こう側に跳び箱が二基並べてあってその間に子どもの影が見えた。

「竹田君！」と呼んでも返事はない。

「いないのね。じゃあ閉めて鍵をかけておかなくては！……」

影が動いて明るい戸口まで出て来て、それが竹田君になった。

「あー、怖かった！　先生この中には鼠がおるよ。足でも噛られたらどうするべぇと思って怖かったよ」

本当に恐怖に引きつったような顔をしている。

私は彼の右手がズボンの後ろから離れないのが不思議でその手を払いのけてみた。すると、汚れたズボンの真ん中が大きくカギ裂きに破れていて健康そうなお尻がツヤツヤと丸く陽に照らされて現れた。

「あんた、パンツははいてないの？」

と聞いたら少し恥ずかしそうに、

「みんな破けていて、破けてないのはゴムがダメで、はくとお腹の下までさがってしまってよう……気持ち悪いんだ……」

見るとクリクリしたお尻に縦に白いひっかき傷がある——痛そうなので聞いてみる。窓から飛び降りた時に窓わくの下に釘が出ていてズボンがビリッと破れたのだという。

「小屋の中は薄気味悪いから出て来たかったんだけど、お尻が見えてみんなが笑うから出て教室に戻れもしなかった。先生、前の方の窓は大丈夫だけど後ろの方の窓は危ないよ！」

私は教員室の自分の机の中に入れておいた小さな裁縫セットを持って来て小屋の後ろでズボンを脱がせ二十センチほどのカギ裂きを大急ぎでかがってやった。そして小使い室の前を通る時に源さんから金槌を借りていき、教室の後ろの窓の敷居に一センチほど浮いていた太い釘の頭をトントンと叩いて中に埋めておくことも忘れなかった。全くもって忙しいことであった。

その忙しさはまだまだ続いて、その日家に帰ってから祖母に「何か白い布はない？」と聞いた。祖母は小さな箪笥の奥から真新しいシーツを出してくれた。私が部屋の隅に堆（うずたか）く積んだ本

の中から「あり切れで作る家中の下着」という婦人雑誌の付録の型紙を探し出しそれをシーツの上にのせ鋏で切ろうとしたら、

「何をするのよ！　今は衣料切符（衣料を公平に分配する目的で官公庁が発行する切符。昭和十七年から二十五年まで実施された）でもシーツは点数が高くてなかなか買えないのよ！」

と声を荒らげて止めようとしたが、私は構わずジョキジョキと切って、「七、八歳用のパンツ」の説明通りに三枚のパンツを縫い上げた。夜の十一時頃までかかりチクチクと手縫いでやったので指先が痛かった。窓の外は月夜で明るく、裏の池にいる蛙の声がうるさいほどだった。

翌朝、少し早めに自転車で家を出て学校近くの竹田君の家に行き、裏庭の鶏小屋の上に新聞紙に包んだパンツを乗せてきた。

遊び時間に校庭に出ると鬼ごっこをしていた竹田君が近寄って来た。

「先生、ありがとよ。パンツ気持ちいいよ」

私の心の中で大事なシーツを使ってしまった後悔の塊が雪のように溶けていった。

三

他の科目はどうやら教えられたが算数には苦労した。人間の心には探求心もあるが、面倒なことは考えたくないという気持ちもあり、増えるのは良いが減るのは厭だという気持ちもあるようなのだ。

二、三名はすぐに授業に応じてきたが他の大多数は、はじめから算数の引き算には興味を示さなかった。黒板に「10－6＝」と書いても「ハイ、ハイ！」と手をあげる子の顔ぶれはいつも同じである。

次の日曜日に私は疎開用に瀬戸物などを入れてきた段ボールの箱をバラしてアメリカ兵のような顔の〝兵隊さん〟を十五体作った。裏の下部には支えを貼って立てるようにした。使い残してガチガチに固くなっていた水彩絵の具のチューブを割って水に溶き兵隊さんに絵つけをした。

それを持って学校に行き算数の時間に教壇の机の上に並べた。

今考えると、どうしてあんな残酷な教え方をしたのだろうと鳥肌が立つ思いだが、その教え方が生徒にも他の教師にも大好評だったのだ。

殺風景な教壇に色彩りの美しいボール紙の背丈十五センチぐらいの兵隊さんが十名立っている。

「ハイ、これは敵の兵隊よ。早くこちらが撃たないと味方がやられる。誰か銃をかまえて『バン！　バン！』と大きな声で言いなさい。先生は、その銃を撃った数だけ敵兵を倒します。その後でまだ生き残っている敵さんは何人か計算してみましょう」

私が言い終わらないうちに教室中が「ハイ、ハイ、ハーイ」という声に包まれた。

「ハイ、園田君」と指名すると彼は立ち上がり、両手で銃を構える恰好をする。

「バーン、バン、バン、バン！」

私は右端の一人、中央の二人を倒した。

園田君は、「おらは、三人に命中させたから十人から三を引くと残った敵兵は七人です」と誇らしげに言った。

「あ、よくできました！」と私は彼を褒めて言ったが、それ以上に自分の考えて作ったものが生徒たちに受けたのが嬉しかった。

算数の時間が終わって、まだ遊び足りないような生徒たちを残して教員室に戻ると離れた席からチョビ髭を生やした副校長がニコニコと「いやー上手、上手、教え方がよろしい。あれで知らず知らずに引き算が上手になる。それに戦意昂揚にも繋がるしな！」と言ってくれた。あまりポン、ポン、バン、バンと大きな声がするので副校長が何ごとかと思って見に来ていたんだ——と少し恥ずかしかったが他の先生たちの前で大いに面目をほどこした。

さて、その次の日も三時間目が算数の時間である。生徒たちは大張り切り。私が教室に行くと教壇の机の上には、ボール紙の兵隊さんが十五人ずらりと並んでいた。早く「バーンバーン」がやりたくて教室の棚の上から兵隊の入っている箱をおろしてみなで並べたに違いない。

今度は元の兵隊が十五人になったので大変である。それでも、二、三人上手に引き算ができて私が褒めると、まだ当たっていない子がうるさいほどに手をあげる。今度は誰に当てようかと見廻すと、一際、背の高い子がいる——と思ったのは見違えで椅子の上に立ち上がって手を振っているのだ。竹田君だった。

「ハイ、竹田君、椅子から下りて！」と言うと、「先生、おらに当てんからよ！」と、言って銃をかまえた恰好をする。

「先生、いくよ！」と言ってから早口で「バン、バン、バーン、ボン、ボン、ボーン、ヒュー、ヒュー、ガンガン、ガーン」

と止まらなくなって、

「おらが撃ちまくったからもう二、三十人は殺したよ。敵兵全滅！　日本万歳！」

と言うと、素早く机の間を駆け抜けて、窓から校庭に飛び降りて走り去った。

彼は銃は撃ちたいけれど引き算を考えるのが厭だったのである。

「あんなのはダメよ。敵に一発だって当たっていなかったんだから。放っておきましょう」

ふと朝礼の時に校長が「今日の午前中、軍の輸送トラックがこの近辺を走って通るから注意するように……」と言ったのを思い出した。

私は黒板に引き算の問題を五つ並べて書き、

「私が帰って来るまでに、これをノートにうつしてやっていなさい。静かにするのよ」

そう言いおいて竹田君を探しに校庭に出た。校庭は六月の太陽が照りつけていて暑く五年生ぐらいの男女が入り乱れてドッジボールをしていた。体育の時間らしく見学の女の子が二人、草に腰を下ろして交わされるボールを眼で追っていた。

私は竹田君のことを聞いてみた。

「あ、一年生の男子なら梅の木の方へ行ったんだべェ」

梅の木の幹は太く荒く、下から見上げると枝がたくさん交叉して緑の逞しい葉が幾重にも重なり合っていた。十メートルもある足がかりのない梅の木を登ることなど考えられないので、もしか大通りにでも出て行ったらと思って半開きの校門の前に立って、その付近を見廻していた。陽炎がゆらゆらと立つ。

「山本先生ー」と呼ばれた気がした。

それは梅の木の方から聞こえてきたので私は急いで戻った。突然ユサユサと木が揺れた。青い梅の実が五つ、六つ落ちて転がり一つは私の頭を直撃してコツンと痛かった。上を向き葉をすかして見ると緑の葉の間から竹田君の顔がのぞいていた。

（あ、やっぱり梅の木に登っていたんだ）と一応は安心したが今度は教室に残してきた生徒のことが心配になった。黒板に書いてきた引き算をみんな静かにやっているだろうか。

いらいらして「早く下りていらっしゃい」と何度も木の上の竹田君に怒鳴った。その時、昼休みを告げる鈴の音がジャラジャラ響いた。

あちらこちらの枝に左右の足をかけながらやっと竹田君は梅の木から下りてきた。が、あと一足というところで突然「痛たたた！」と飛び降りるようにして足をつけて、そのましゃがんでしまった。

「さ、早く教室に戻りましょう」と彼の手を引っぱると、一応は立ち上がる姿勢になるが右の足首を押さえて「痛え！　痛え！」とまたしゃがみこむ。そしてとうとう「先生おんぶしてくれよ！」ということになってしまった。

私は彼を背負って広い校庭を校舎に向かって歩きはじめた。じっとりと汗が出て来る。

「どこが痛いのよ？」

と聞くと梅の幹の根本の方に大きな枝を切ったところがあって、そこで足首をねじったという。

「『ポキン』と音がしたんだよ。骨が折れたんでねえべか……ズキンズキン、痛いよ」

自分の顔を私の背中に埋めるように、ペッタリとつけた。彼の体温と息が私の首の後ろに生あたたかく伝わってくる。

「母ちゃんは、よくおらをおぶってくれたっけ。母ちゃんは埃の匂いがしたけれど、先生はクリームの匂いがするよ」

と、背負われて左右に垂らした手で、後ろに回した私の手をギュッと握りしめた。もう離さないと言うように。

この子は無口なおじいちゃんとの生活で、母親が恋しくて堪らないのだなと思った。

クラスの子たちとは会わなかったが、土曜日なので上級生の子らが私たちを見て笑いながらすれ違っていく。

重いのを何度かすり上げながら小使い室の前を通ると、大薬罐で先生たちのお茶を沸かしていた源さんが戸口まで出て来た。

「二年の鈴木先生が大分困っていただよ。一年の生徒は裏門から帰したらしいけんど……」

その源さんの言葉が終わらないうちに廊下に鈴木先生の姿が見えて竹田君を背負った私を押し込むように小使い室に入れた。

「あんた、吉川先生にも言われていたんでしょ？　竹田のことは放っておけって」

「ええ、でも校門の外に出て、トラックにでも撥ねられたら大変と思って」

しどろもどろに返事をする。

「こんな勝手な子は放っておけばいいんだ！　なんだ大きなズウタイをして赤ん坊のようにおぶさって」と鈴木先生が言うと背中から竹田君が「だって、おら足の骨折れたかもしれん。梅の枝で足をねじって……痛い！　痛い！」

「おまえがあまりわがままだから神さまが罰を当てたんだ！」

と、鈴木先生は言い、私を見る。

「あんたも、早く勇を下ろしなよ。顔中、汗だらけじゃないの……」

私は背負いながら忘れていた竹田君を小使い室の畳に下ろそうとした。「足首が痛えよぅー」と竹田君は私の背中にせり上がってくる。

ピタッと張りついて下りようとはしない。

「こいつ！」と鈴木先生がやっと竹田君を私の背中からはぎとり、それでも静かに土間に立たせた。そしたらどうだろう。彼は二本の足を揃えてピョンピョン飛び上がった。

「罰なんか当たってないよう!!」

「ピシッ！」とすごい音が竹田君の頬をはじいた。

鈴木先生の平手打ちが飛んだのである。

「勇！　謝れ！　山本先生にも、俺にも、おまえの組の友達にも、俺の二年生の生徒にも、おまえのために一時間が無駄になったんだから」

「うォーン」と吠えるような声を出して彼は泣きはじめた。彼の両眼が涙の洪水になり、それが線になって彼の頬を流れはじめる。

私も頭が上げられなかった。

「はじめは一年生の教室も、パンパン、ポンポンと時々聞こえてくるだけで静かだったが、その内に子どもたちのわめく声や泣き声が聞こえてきたので行ってみたら乱闘がはじまっていた。それを静めて二年の教室に戻って話をはじめるとまた、隣の教室がさわがしくなる。行ったり来たりでどうにもならなかった」

私の下げた頭の上を鈴木先生の声がピンピンと通っていく。

「本当に申し訳ございませんでした！」と下げた頭をもっと下げて芯から底から謝ってしまった。

少し泣きやんだ竹田君に鈴木先生は優しい口調で話しかける。

「先生は、おまえが父親が出征し、母親は交通事故で亡くなって淋しくて堪らないのも知っている。けれどな、勇、学童疎開で地方に行っている都会の子もみんな淋しい辛い思いをしているんだ。人間というのは大満足しながら生きているということはほとんどないんだよ。みんな厭なことや辛いことを我慢して生きているんだぞ！」

そう言ってから、息を呑むようにして、「先生だって……俺だって……この脚が悪くなかったら……」と最後は泣くように言って廊下に出て行ってしまった。

戸口で何も言えないで立ちつくしていた源さんのそばで大薬罐のお茶が音を立てて沸きはじめ、竹田君の低い涙声が続いていた。

四

それからは平穏な日が続いて竹田君もどうやら良い子になった。私も教師の日常に慣れてきた。学校でいろいろと教え、家へ戻って今日あったことを思い返して明日はどんなふうに教えようかなどと考えるのも楽しかった。一年生全員の名前を覚え、名前を口にするとすぐその子の顔が眼の前に浮かび、どの子もかわいかった。

二ヵ月間の講習を終えて吉川先生が出勤して来たのは七月第一週の月曜日であった。二ヵ月の短期間では変わりようがないが、彼女の伸び伸びした四肢、お化粧気のない小麦色の肌と大きな眼はそのまま。講習会でいろいろと勉強してきたという自信のためか前よりゆったりと落ちついた態度だった。

私が教えたように「吉川先生、お帰りなさい」と声を揃えて言う一年生の挨拶をニコニコ聞いていたが窓際に立てかけてあった二つの椅子を一つは教壇の自分の椅子と向き合わせて置き、一つは生徒の机のそばに持って来て私に腰をかけさせた。

とっておきの図画用紙をみなに配る。

「みんな、今日はお世話になった山本先生を描くのよ。なるたけ美人に描いてあげなさい」

子どもたちに見つめられて私は両手を膝の上に組み、眼を大きく見開き唇を小さく引き締めた。モデルも楽ではなかった。

それから吉川先生は伸び上がるように教室を見て、

「一番後ろの子から一人ずつ出て来てこの椅子にかけなさい。あ、腰かける前に自分の名前を言ってね……」

（何がはじまるのか？）と生徒たちも私も見ていると一番後ろの秋山という男の子が恐る恐るという恰好で出て来て「おら、秋山とおる」と言って吉川先生の前の椅子に腰をかけた。

彼女は大判のハンカチを膝の上に拡げて、モンペのようなズボンのポケットから何かキラリと光るものを取り出した。そして自分の膝の上に秋山君の手を引き寄せてパチンパチンと音をたてはじめた。

彼女は秋山君の十本の指の爪を切りはじめたのである。私が横目で見ていると、秋山君の首筋の後ろが紅潮し、横顔が嬉しげに輝いていた。

「はィ、これで終わり……」と吉川先生に言われ、立ち上がってきれいになった指先を見ながら自分の席に戻る秋山君の顔が何とも得意そうに見えた。

「はィ、次の子……」

秋山君の隣の森本ヒサが机の間の通路を通り教壇の椅子に「森本です」と言って座る。

「あ、先生はみんなの名を忘れちゃったのよ。そうだ、森本ヒサちゃんね……」と、大きな眼で森本さんを見て頷き、それきり吉川先生は何も言わない。爪切りのパチンパチンの音だけが聞こえる。

モデルの私も黙って椅子に腰をかけている。ゆっくりゆっくり時が流れていく。私が教えている時のような、さし迫った空気とは異質な何か甘い穏やかな気分が教室中に漂いはじめた。

またちょっと横を向き教壇を見たら竹田君が爪を切ってもらっている最中だった。今まで黙っていた吉川先生が竹田君に顔を寄せて何かヒソヒソとささやき、竹田君も先生の耳に口を寄せ何か言って二人で笑い合った。教師というのは体が大きな方がよい。何もかも包み込んでくれる気がする。どの子からの愛情も私からスルリと逃げて方向転換をして、何でも受け入れてくれる吉川先生に流れていくように思えた。

辞めようかな、とその時私は思った。口惜しいとか情けないとかの挫折感は少しもなかった。ただ私は自分は教師には向いてないのだと思った。一人か二人なら愛情を注ぐこともできるし受け入れることもできるだろうが、五十人近くの子どもたちに注ぐ愛情なんて私には重荷になって自分が潰れてしまう。

辞職を願い出た時に校長も副校長も鈴木先生も吉川先生も、

「せっかく先生の一歩を踏み出したのだから今さら空襲のはげしくなる東京へ帰らずに先生を続けた方がよい。あんたは模範的な教師になる素質があると思うのだが……」

と、お世辞も交えて慰留してくれた……それでも私は辞めた。祖母がここの生活に慣れて一人住まいもできるようになったし、私はどんなに危険でもやはり父母のいる東京で暮らしたかった。

東京へ帰る日の朝早く、庭に面した雨戸を開けた。七月半ばでほとんど夏になっていたが夜明けの空気はまだ涼しく爽やかだった。濡縁の上に新聞紙が敷いてありその上にその頃は誠に貴重な卵が二個載せてあった。

（あ、竹田君だ）

その朝の祖母の心づくしの白い炊きたて御飯の上にその生卵をかけて食べた。こんな贅沢をしてよいのかと思うほどおいしかったが途中で味が変わって少ししょっぱくなった。

どこから変わったのか――それは私の別れの涙の味だったのかもしれない。

たんぽぽ

私の娘時代は戦時下であったので、今でもB29の空襲のことなどをよく覚えている。

その日も青い空に白い雲が浮かび、三月の陽光が道路に満ちて陽炎でも立ち上るような和やかな午後であった。私は母から頼まれて配給の野菜を取りに、少し遠くの八百屋へ行った帰りであった。

「うォー、うォー」とサイレンの音が響き渡った。警戒警報である。

ヘルメットと国防服に身をかためた隣組の防空班長のおじさんが、

「警戒警報発令！　直ちに防空壕に退避して下さい！」

と、大声で叫びながら走って来る。

毎晩の空襲には慣れているが、こんなのんびりした昼間に、それもお使い帰りの道の途中の空襲ははじめての経験だった。このあたりの地理は不案内なので、どこに逃げてよいかわからない。絣の上着とモンペの、背から腰に斜めに吊るしていた防空頭巾を外して被り、あごの紐をしめながらぐるりと見廻すと、消えかかった電柱の文字でここが浅草蔵前の鳥越神社の裏手であることがわかった。

（あ、境内の右手に防空壕があった！）と思い出した時、ちょうど走って来たおじさんに背中を押されながら壕の中に飛び込んだ。

「こっちへいらっしゃい。奥の方が広いですよ！」

壕の奥から若い女性の声がした。先客さんが一人いたのだ。中は薄暗いので腰を曲げて、靴の先でさぐりさぐり奥へ進んでいくと、私と同じようなモンペ姿の人が土の壁に身をよせて蹲（しゃが）んでいた。一枚のさびたトタン板が天井になっていて、その上に土がまばらに積んであるのだが、トタンの破れ目からは外の陽の光が射し込んでくる。

「いつもの定期便と違って今日は、こんな昼間から来るなんて」

「ほんと！　気の休まる時がないわね」

少し心細くて、顔もよくわからないその人と話していると、「うォー、うォー、うォー」と、サイレンがけたたましく鳴り、先刻のおじさんが、「空襲警報発令！　敵機来襲！　退避して下さい」と叫んでいる。

　上空に二、三機の爆音と、それを撃つ我が方の高射砲の「ボン！　ボン！」という音が壕の中まで響いてきた。

　それが急に止んだと思ったら「ボーッ」というのびやかなサイレンが聞こえてきて、

「敵機三機は京浜地区より伊豆方面に退去中……」と、誰かの触れまわる声がする。

「何だ！　人さわがせな」と私が壕を出ると奥にいた彼女も続いて出て来た。

「あれッ、松栄堂(しょうえいどう)の町(まっ)ちゃん！」

「あっ、静ちゃんだったの！」と向こうも言って、顔を見合わせて笑い合った。

「私、この先の八百屋に配給の野菜を取りに行ったんだけど、明日に延期になったんだって」

　私が言うと町ちゃんは顔をしかめた。

「遅配になったと思っていると、それが欠配になってしまうんだから……もっとも四人家族に一週間で大根十センチぐらい、キャベツ四分の一じゃあ、どうにもならないけれどね」

　町ちゃんは諦めたような口調で言う。

「町ちゃんは、やはり配給の受け取り？」

　と聞いたら少し恥ずかしそうに、

「私、毎日この神社にお詣りに来てお百度を踏んでいるの。願をかけて、明日が二十一日で満願の日なの」

「あ、わかった。お店の清さんの武運長久と無事帰還でしょ？」

彼女は嬉しそうに頷いた。彼女の家は私の家の向かい側で「松栄堂」という父親が開いた和菓子店である。町ちゃんとは小学校三年まで同じクラスであった。

昔は、国の行事の日は旗日といって日本全国日の丸の旗を立てて祝ったものである。紀元節（二月十一日）、天長節（四月二十九日）、明治節（十一月三日）などで、その日は学校も授業を休んで講堂に整列して、校長や保護者会会長の長々しい話を聞いて、各自紅白のおまんじゅうや落雁などのお菓子の入った小さな箱を戴いて帰って来たものだった。

彼女の家は、そのお菓子を学校に納品していて、箱にかけてある熨斗紙の端には松栄堂の名がちゃんと入っていた。何となく彼女からそうしたお菓子をもらったような気がして少し厭だった。

松栄堂は、町ちゃんと、両親と、秋田から上京して弟子として住み込んでもう七年ほど修業している清さんという男性の〝四人家族〟である。

いつの間にか清さんと彼女は愛し合うようになって、仲よくお店のウィンドウの中の棚に、桜餅や草餅を並べていた時があった。

もっとも近頃は、あんこなどは全く作れるはずもなく、お店は開店休業でお母さん以外は軍需工場に通っていたのだけれど。

清さんに赤紙（召集令状）が来たのは三年前で、まだ戦争もはげしくなかったので帰って来たら結婚という約束になっているらしかった。とにかく隣組や友達が出征を祝って彼が郷里から連隊に入る前、鳥越神社で武運長久のお祈りをしてもらうことになり、私も国防婦人会の白い割烹着姿で清さんを送っていったことがあった。

「お国のお役に立ててよかった！」と、町ちゃんは送ってくれる人に笑顔で言っていたが眼の奥の方は悲しく潤んでいた。

その後、町ちゃんとは隣組も別で、あまりつきあいもなかったが一度だけ彼女が腹巻きのように作った白い木綿に赤い糸で丸い縫い玉を作る千人針の用布を持って頼みに来たことがある。千人針とは、白い布に千人の女が赤糸で一針ずつ縫って千個の縫い玉を作り、出征将兵の武運長久を祈念して贈るのである。

私は隣組の人たちにも廻して縫ってもらったが、その中には寅年の女が二人いた。「寅は千里行って千里帰る」といって一人で五人分縫えるので町ちゃんは大喜びであった。私は、その頃使っていた五銭穴明銅貨をその千人針に縫いつけた。「五銭は四銭（死線）を越えるから」というのだが、今からだとばかばかしく思えてくる。

「清さんから便りある？」と聞いたらちょっと淋しそうに、

「一度北支から軍事郵便が来たけれど、それっきり」

と、眼を伏せた。

彼女のモンペの上衣から覗いている首に、鎖が掛かっていた。

「それ、何？」

「パチッ」と開けて見せてくれる。小さなロケットの中に軍帽を被った清さんの顔写真が入っていた。

「あっ、ごちそうさま‼」と冷やかそうとしたが、私は黙ってしまった。あまり彼女が思いつめた顔をしていたので、ふざけたことは言えなかった。

別れ際に彼女は「今度空襲の時は学校の講堂に入るといいわよ。広いし天井が高いし安全だから。それに中で屈んでいなくてもいいから楽よ。二人でいろいろ話ができるわ」と言った。

それが昭和二十年の三月三日雛祭りの日で、防空壕を出た時、神社の境内に植わっていた白い梅の花が暖かなやわらかな香りを漂わせていたのを今でも思い出す。

そして一週間が過ぎた。

三月十日の帝都大空襲である。

人間には予知能力があるのか何か寝苦しい夜であった。突然つけっぱなしにしてあるラジオが「東部、軍管区……情報、東部……軍管区……」と電波が何かに遮られるのか、切れ切れに叫んでいるのが聞こえた。

「B29の編隊が帝都に向かって北上中」

父母も私も起きればそのままで外出可能という風体で寝ているので、すぐ起き上がって貴重品を入れたズックの鞄を肩に斜めにかけて防空頭巾を被った。

「うォー、うォー」とサイレンが響き渡って暗い中をバタバタと駆けていく足音がした。

「ね、みんな学校の方へ行くわ。私たちも学校の講堂へ逃げましょうよ」

道路に出た時に私は父母に言った。

「いや、俺は行かないよ。我が家の前の防空壕に入る……」と父が言う。

「そうね、学校までは一丁（百九メートル）ぐらいあるわね。私は走れないから、お父さんと一緒にいつもの防空壕に入るわ。あんただけでも行ったら？」と母が言った。

一週間前の町ちゃんとの約束が頭に浮かんだが（死ぬのなら家族一緒に……）と思って家の前の壕の中に三人で走り込んだ。中にはもう五、六人近所の人が避難していたので満員である。サイレンの音が警戒警報から空襲警報に変わって「うォー！　うォッ！　うォッ！」と短く狂ったように聞こえてくる。

空の南の端の方から耳が痛くなるほどのＢ29の爆音が響き渡る。いつもとは違って次々に敵機の編隊が来るらしく爆音の切れ目がない。味方の高射砲の音が「パン、パン」と鳴り、「敵機来襲！　敵機来襲！」と叫ぶ声も聞こえる。

「シュル、シュル、シュル――ボァーン」という音が近づいて、一瞬、壕の中がパッと明るくなった。

壕の横手に焼夷弾が落下したらしい。

（ここにいても危ない！）とみな思ったようである。

壕の外の空地にばらばらになった方が皆殺しにはならない。誰の考えも同じである。もう、こうなったら運を天に任せるよりしかたがない。みな、壕から這い出して空地に出て空を見上げはじめた。編隊の中の二機が丸く大きな輪を空に描くような飛び方をしたと思ったら、まるで光の鳥籠をぶら下げたように点々と空に浮いて、それが消えもせず地上に降りても来ない。

新しい照明弾なのか強烈な光がその鳥籠から放たれて地上は昼間のような明るさである。ちょうど足元にちぎれた新聞があり、その字を読んだ覚えがあるので、その時の明るさが想像できよう。

そして次から次へと大きな光の輪の中の目立った建物の上に、敵機は爆弾と焼夷弾を空からのプレゼントでもあるかのように落としていった。

もう自分の命のことなど考えてもいなかった。口惜しくて血が逆流するような思いである。

Ｂ29の一機が我が方の探照灯の光に両側から挟まれて、それを狙って高射砲がボンボン撃つが敵機の高度が高くて届かず、その機体の下に白い光がパッパッと光って消える。

「何だ！　ほら、もう少し右上！」

空地の隅から声がする。その一機に高射砲が集中し「パッ！」と機の胴体が光ったと思った途端に、白煙が空に流れ錐揉み状態で地上に落ちていった。

「やった!!」

どこからか声がして空地のあちらこちらから拍手が湧いた。

全く極限の世界になると、人間も怖いもの知らずになり、本当の空中戦を見ても映画の一こまを見ているような気持ちになるものだと人間の逞しさに驚いた。

その後の大本営発表では「Ｂ29、百三十機、帝都市街を盲爆」とあったので「ああやはりアメリカ軍部も一挙に帝都殲滅を図ったのだ」と思った。

敵機が去り闇が戻ってから空地の小高いところに登ってみると、はるか東の方角が一刷毛（ひとはけ）、紅を刷（は）いたようにボーッと染まっていて赤い海ができたようであった。時々めらめらと焔が立ち、それが死の海の波のように見えた。

「あれは深川あたりだね」

ミシン屋のおじさんの声がした。

「あの火の下じゃ今、大変だろうね。死ぬ人もいるんじゃないの」と誰かが言った。

しらじらと十日の夜が明けた。むごい夜でも、いつもと同じように夜は明ける。

その日の午後、隣組の防空班長が来て、「大変！　大変！　うちの隣組は誰も死ななかったけれど、向かい側の組は、少し学校に近いので講堂に退避して爆撃され全滅したらしいよ」と言った。松栄堂の町ちゃんも両親と三人で講堂に入っていたに違いない。

人間は少しゆとりのある時は事前の判断力も働くが、ぎりぎりの極限状態では運に左右されるほかはないと思えた。

（私たち、親子三人もあの時学校に走って行ったならば……）

母と私は顔を見合わせたが胸がつまって何も言えなかった。

その翌日、また班長の床屋のおじさんが来て、顔をしかめて言った。

「やっと、軍隊が来て講堂の扉を壊して入って蒸し焼きになった人の死体を片づけているよ。今、ちょっと見てきたが生き残ったのは一人もいない。本当に全滅だそうだ。見ない方がいいよ。金（かね）の熊手のような物で死骸を引っかけてトラックの荷台に投げ上げていたけれど、誰が誰やら区別もつかないよ」

また胸がつまり、ただ頭を下げて死者の冥福を祈るだけだった。


五ヵ月後の八月六日にはアメリカによる世界はじめての原爆が広島に投下された。原爆のことを私たちは「ピカどん」と呼んで恐れた（岩波の広辞苑には、「ピカ」は閃光で「どん」は爆発音、原子爆弾の俗称。被爆当時に広島の子どもが使いはじめた語と書かれてある）。

八月十五日、開戦当時「最後の一兵まで戦う」と言っていた日本は無条件降伏して戦争はやっと終わった。そしてみじめな敗戦国の日々がはじまった。

翌年の四月半ばのある日の午後である。戦後の食糧難の日々、どこの家でも近くに空地が少しでもあればすぐ種を蒔き野菜を育てた。

我が家も例外ではなく家の前を畑にして、トマト、南瓜、枝豆などを作っていた。その大事な畑の中をうろうろと歩き廻る人影がある。（すわ！　野菜盗人！）と私は急いで外に出て小走りにそこに近づいて行った。

肩章をむしり取ったボロボロの軍服の背に何かくくりつけた不精髭の男が野菜畑の中に呆然と立っていた。帰還兵である。

誰かしら?と考え、やっと（あ、松栄堂の清さんだ！）と思い出した。

「ね、清さんでしょ？　松栄堂の？」

清さんはボンヤリと畑に向けていた眼を私に移した。その眼がだんだんまともになった。そして懐かし気な色に変わってきた。

「私、山本よ。しづ子よ」

と、言いながら胸に痛みが走った。

「よく帰って来たわね。長い間本当にご苦労様」

私の声は上ずっていた。

鳥越神社で会った時の町ちゃんの笑顔が思い出され、今、彼女がここにいたら二人で抱き合って喜ぶだろうと思うとやり切れなかった。

彼は、前に松栄堂のあった辺りを探しているようだった。私は声をかけた。いずれ誰かから聞かねばならぬ辛い話なら私が言葉を選んで話してあげようと思ったのだ。

「お宅も空襲で焼けてしまったわ。それに松栄堂のみなさん、去年の三月……」と言いかけた。被せるように、清さんが、「知っています。床屋のおじさんから聞いてきました……」と、ふるえ声で言った。

「安全だと思って退避した講堂で大勢亡くなったらしいですね。家のおやじさんも、おかみさんも……町ちゃんも……」

がくんと声が落ちた。あとは清さんも私も無言であった。しらじらしい時が流れた。

やがて私は気を取り直して努めて普通の調子で言った。

「ね、ここにいてもしかたがないわ。ちょっと私の家(うち)に来て休んだら？　家は悪運強く焼け残ったから、父母も喜ぶわ。もし今晩泊まるところがなければ狭いけれど家に泊まればいいから。遠慮しないで……」

でも彼は「ここにいるのも辛いし秋田の方もどうなっているかわからないから、このまま郷(く)

里に帰ります」と断った。そして「一つお願いがあるんですけど……」と続けた。

「あの時亡くなった人を田原町のもんづき様（東京東本願寺の俗称）の境内に埋めたと床屋さんが言ったけれど、松栄堂のみんなもそこにいると思う。そこを拝んでから自分は省線（今のJR）の御徒町まで歩き上野から秋田に帰ります。前はもんづき様はすぐ行けたけれど、こんなに焼け野原になってしまって見当もつかないから……」と、遠慮がちに道案内を頼んできた。

私は、父母に会わせたら、清さんがもっと辛くなるだろうと思って、「じゃあ、そうしましょうか」と彼と並んで田原町の方に歩きはじめた。

歩きながら私は、町ちゃんが清さんの無事帰還の願いをこめて、鳥越神社に願をかけ、空襲の続く毎日、お百度詣りをしていたことや小さなロケットの中に清さんの写真を入れていつも胸に吊るしていたことなど話した。清さんは嬉しそうに頷いていた。清さんが出征した時に武運長久を祈ってくれた鳥越神社の宮司さんが敗戦と決まった日に社前で見事に割腹して果てたことも話した。自分の神社から出征兵士を送り出して、そのたびごとに戦勝を祈願したのに戦争に負けたという神官としての責任感からだった。

「偉い人だったのですね。自分も北支のソ連国境にいて、日本が負けたと知った時は辛くて死んでしまいたいと思いました。けれども、日本で町ちゃんが待っていてくれると思って辛かったけれど頑張りました。帰還できるとなったら嬉しくて嬉しくて、一日も早く東京に帰って町ちゃんと会って、これからは二人でおいしい和菓子を作って、おやじさんやおかみさんに喜んでもらおうと……」

あとは言葉にならなかった。やっと田原町近くの焼け残ったもんづき様の屋根が見えてきた。お堂の横に犠牲になった人たちを埋めたらしい広い空地があった。そして一番先に眼に入ったのはそこを埋めつくした黄色いタンポポの花だった。

その一本一本が亡くなった人の墓標のように見える。

清さんは隅の方に、ゲートルを巻いた脚を曲げて額ずいた。そしてなかなか顔を上げない。みんな焼けてしまって遮る建物もないので春の太陽はいつまでも暖かな光を空地に投げている。夕風が吹くと咲き終わったタンポポの白い綿毛が次々と空に舞い上がっていく。死んだ人の魂が煩わしい人間との柵（しがらみ）から解き放されて天国に昇っていくようでもあった。

私も屈んで手を合わせた。ふと横を見ると清さんの頬に幾筋もの涙が光っていた。

その後のことは一切不明である。私と別れて清さんは郷里に帰ったのだろうか――。

そしてあれから六十年以上が経ってしまった。

終戦の日

「天皇陛下はどんなお声かな」

「何を私たちに言われるのかしら……」

はじめての玉音放送ということで私の家の茶の間に集まった隣組の人たちは、どこか楽しみな様子だった。

やがて放送がはじまり、天皇のお声が茶の間に流れ、そして終わった。

「今、陛下は何とおっしゃったのかしら……あまり、よくわからなかったわ……」

母が誰にともなく聞いた。

「『一億一心で戦争をやり遂げよ』と言われたんじゃない?」

と、誰かが言った。

「いや、そんなことは言われなかったよ」

隣組の組長をしていた床屋のおじさんが首を傾げながら言う。

とにかく電波の加減かラジオの性能か、いずれかが悪いせいで陛下のお声がよく聞き取れなかった。

集まった隣組の五、六人が首を傾げていると、父が力のない足どりで玄関から茶の間に入ってきた。町会の役員会から戻ってきたのである。いつもは機嫌よく、色艶もよい顔が、この時は青く見えた。

「おいっ！　日本は負けたぞ。アメリカに無条件降伏だ。こんなことってあるかっ！」

その顔がぐしゃっとゆがんだと思ったら、両頬に涙が光っていた。

「まったく、戦死したやつらは浮かばれないな」

そう言うと、今度は両手で顔を被って泣きはじめた。

私は父の泣くのをはじめて見た。父の白髪まじりの髪の毛が両手からはみ出して揺れ、指の間からぽたぽたとこぼれる涙が国民服のズボンを濡らした。

少し経つと父は気を取り直し、家長の威厳を見せるかのようにして、母と私にこう言った。

「お圭（母の名）と静は俺の郷里の愛知県の西尾に行け。アメリカの兵隊が入ってきたら女は何をされるかわからんからな」

私は父の言葉に従おうと思い、東京駅まで汽車の切符を買いに行った。隣の家を手伝っていた私より少し年上の澄ちゃんも静岡の実家へ帰るといって駅まで同行した。

東京駅はすごい混みようで幾筋も長々と列ができていた。どの列が切符を買うためのものか改札のためのものかわからない状態で、気がつくと澄ちゃんとははぐれてしまっていた。かなりの時間、探し回ったがどこの列にもいない。

疲れきった私は雑踏の端に立って、幾筋もの列を眺めていた。

ふと、ある考えが心に浮かんだ。それがどんどん大きくなるのを感じていた。

「宮城（皇居）前に行ってみよう」

それが、家を出る前からの私の考えであったように思えてならなかった。

おかしなことに、私は東京駅から宮城までの道を歩いた経験がないのに、いつの間にか宮城前広場に向かう人の列に交じっていた。

暑い暑い八月十五日の午後である。

お濠が見え、広場にたどり着いた。汗がどっと背中から流れてきた。

広場では、人々が座りこみ、両手を前についていて、頭を深々と下げていた。中には声をあげて泣いている人もいた。

私は一番前列の右端が空いていたので、そこに座ろうとした。

「あ、そこはダメだ。やめなさい」

すぐ後ろから声がかかった。

振り返ると在郷軍人らしく軍服に身をかためた老人が必死の構えで、身を乗り出していた。

「どうしてですか？」

老人は諭すように低い声で説明してくれた。

「そこは、さっき一人の男性が日本刀を腹に突き立てた場所なんだよ」

見回すと、確かに乾いた砂利の上に三、四ヵ所、赤黒い染みが二、三滴ずつついていた。

「こんなところで切腹なんてできっこないのはわかっていただろうけれど……気の毒だったな。息子が二人ガダルカナルと北支で戦死しちゃって、奥さんは病気で八月のはじめに亡くなり、一人で生きていく気持ちが失せかかったところに敗戦の放送だったからな……」

「その人は、どうなったんですか？」

「一緒に来ていた友人が慌てて止めたんだ。友人も『痛い』と言ってたから、揉み合って手でも切ったんじゃないかな。そのうち、おまわりさんが四、五人来て、二人を連れていってしまったわ」

私は、ようやく膝ががくがくしてきた。そして、その場に座り込んでしまった。

「わしらだって、これから先のことはわからないんだけどな……」

老人の心細げな声が後ろから聞こえてきた。

この時に見上げた皇居は、いつもの姿とは違って、寂しげな風情に見えた。

私の足下にある砂利は熱く焼けていて、とがった面がズボンの上から足を刺した。その熱い砂利に両手をつき、深々と一礼をした。万感胸にせまって涙が出てきた。

私はズボンのポケットからハンカチを取り出した。その中に足を刺す砂利を一すくい包み込んだ。熱い熱い砂利だった。

省線を乗り継いで家に帰ると、母が心配そうな顔をのぞかせた。

「あんたとはぐれてしまってって、澄ちゃんが心配していたよ」

私はポケットからハンカチを出して、広げてみた。明治神宮の神前にある丸い玉砂利とは違って、コンクリートのかけらのような三角の面を持った砂利だった。

もしもアメリカ兵が家に押し入ってきたら、この尖った砂利を力いっぱい投げつけてやろう。

私は、手に持った砂利にしっかりと誓った。

しかし、そんな物騒なことを実行に移す機会はなく、アメリカ兵とほとんど出会うこともなく、長く連れ添うことになる夫と結婚した。

ささやかな結婚式の前日、私は両国の橋の上から隅田川にハンカチに包んでしまっておいた砂利を投げ込んだ。ただの石のように、ぽとんという音を立てて、そのまま青黒い水に沈んでいった。

その時、やっと私にとっての戦争が終わったような気がした。肩の重みが取れたように、身軽な足取りで、私は家へと歩みを返した。

2 昔の東京、そして私の子どもの頃

お化け退治

私は大正十年八月の生まれで、関東大震災（大正十二年）の時は数え年で三歳であったが、当時のことは何一つとして覚えてはいない。母は地震に続いた火事の焔の中を、私を背負い上野の山に避難し一晩野宿をしたそうだが、その時のことも全然知らない。

同い年の友達がその時、お昼御飯を食べようとして、まだ幼いので箸がよく持てず、やっと握った箸の先に、煮つけたサツマアゲをひっかけて自分の口に近づけた時に「どしーん!!」というすごい縦揺れがきた、と自慢げにみなに話していたけれど、お菜（かず）のサツマアゲまで覚えていたとは、何と記憶力の良い人だろうと感心した。

が、それは彼女と一緒に食卓を囲んでいた家族が震災の話をするたびに、その時のことを何度も繰り返し彼女にも聞かせたのが彼女の経験と綯（な）い交ぜになって思い出として心に残ったのだと思う。けれども作家の三島由紀夫は、自分の産湯の時の光景を覚えているという話を読んだことがあるので、人並すぐれた記憶力の持ち主もいるのかもしれない。

そう言えば私にも夢か現（うつつ）かこんな経験がある。

私の育った浅草の家は米穀商だったので、門らしい門はなくて店を二、三歩出るとすぐ往来であった。前通りを右に二百メートルぐらい行くと小島公園で、その右の横丁に、小島クラブという小さな寄席があった。

父は席亭の内山さんと親友だったので、〝木戸御免〟という特別待遇になっており、面白そうな演（だ）し物がかかると必ず足を運んでいた。

料金が「タダ」ということよりも顔パスが利くというのが父にとっては嬉しいことだったらしい。

だから三度に一度は果物とか菓子などを楽屋に届けていた。そして母が縫いものなどで忙しい時は、私を小島クラブに連れて行ってくれた。落語のほかにも奇術といって赤や青のピカピカ光る衣裳を着た女の人が口にくわえた棒の先に、お皿だの毬なんかを高く積み上げたりするのや、薄い布の中から赤や青の大きな造花が次々と出てきたり、着ている服のポケットからムクムクと鳩が出て舞い上がったりするのが子どもにも面白かった。

あれは確か私の四歳か五歳の夏だった。

今夜は小島クラブに連れていくというので早めの夕食をすませ、小粋な浴衣姿の父に手をひかれ、赤い金魚の模様の浴衣を着せてもらった私は嬉しくてウキウキしていた。

途中、公園の手前右角の八百寅（やおとら）という八百屋で父は西瓜を買い新聞紙に包んでもらい、ついでに店の前に冷やしてあるラムネを一本取り上げて、ポン、シューッと玉を押して開けて、自分が少し飲んで私に瓶を渡してくれた。演芸の途中で私が飽きるとすぐ「お水飲みたい！」と言うからだった。

寄席の入口は狭くて暗く、手伝いの人が来ていないので内山さんの奥さんが前売りの切符を受け取ったりお客の脱いだ下駄の整理などしていた。

父が足を踏み入れて、

「こんばんは……」と挨拶すると、「あら、いらっしゃい。今日はしいちゃん（私の愛称）も一緒？」とニコニコした。

「はい、これ西瓜だけど……」

「あら、こんなに大きいの。重かったでしょ。いつもすいませんね」

受け取ってから廊下の隅に置いて、両手で私の両手を握る。

「しいちゃん、今夜は大変よ。怖いわよ。お化けが出るのよ……」

怖そうに眉をひそめて言った。

「お化け？　そんなのあたい退治しちゃう」

「そう、強いのね。おばさんも怖くてしかたないから頼むわね……」

と、父と私の脱いだ下駄を手にして、

「お父ちゃんの下駄と、あんたのポックリは、一番奥の右、ここよ。ここに載せたからね」

棚の右奥を叩いて言った。

歩きにくいポックリを脱いで素足でペタペタと階段を上っていくと冷たくて気持ちがよかった。

二階は畳敷きの観客席で、その真ん中に人ひとりが通れるほどの板張りの花道ができていて、薄暗い中にもう半分ぐらい観客が思い思いのところに座っていた。正面の舞台には幕が引かれて、その中だけがぽっと明るかった。

子ども連れなので遠慮をして、父は正面をよけて右手の廊下の柱の横に席を取り隣に私を座らせた。

いよいよ演芸がはじまって次々と出てくる落語家の話は、私にはわからなかったけれど、身振り手振りが面白くて、みなが笑うと私も一緒に笑った。その中で「こうこうとう……」というのが子どもにもよくわかって、飴屋の売り言葉に「こうこうとう（孝行糖）、こうこうとう、こうこうとうのほんらいは……」とそこだけは覚えて帰り、何度も繰り返すので母が苦笑いしていたのを思い出す。

そして演芸のトランプの手品が終わった頃から、私は柱に寄りかかって眠ってしまったらしい。

「どーん‼　どんどんどんどん」

太鼓のはじめ大きく、次第に小きざみになる音。「ひゅーっ」と、あやしげな笛の音。

それが入り交じって聞こえ私は眼をさました。眼を開けてみると真っ暗で何も見えない。手さぐりで父のいるのを確かめた。真ん中の花道の天井辺りがぽーっと明るくなったと思うと青白い火の玉が上下に揺れている。

「ほら、そろそろお化けが出るぞ……」

父が怖そうな、でも少し面白そうな口調で言う。

「きゃっ！　いやだ！　こわーい！」

女の人の悲鳴が聞こえ、体を乗り出してみると、白い着物で額に白い三角の布をつけたお化けが胸の辺りに両手をぶらぶらさせて、両手で顔を被った女の人にかぶさるようにしていた。

「いやよ、いやよ」

女の人の半分笑っているような声が聞こえた。

楽屋の方から、また太鼓の音がして私の横の方に火の玉がゆらゆらと昇ってきた。

暗い中で誰か私の肩を叩く者がいる。白い細い手が柱の陰から伸びて私の肩をゆすっている。

「おばけー、うらめしや……」

と、声がする。

「お化けなんか嫌い、あっちへ行け！」

勢いよく立ち上がったらお化けの顔がすぐ眼の前にあった。

それは本当に怖かった。額につけた三角の布の下の片目は丸くザクロのようにツブツブになっていて口は赤く耳まで裂けている。開いている方の眼がうらめし気に光った。長い髪の毛が私の浴衣の首筋を撫でた。

「お化け嫌い！　あっちへ行け‼」

私は夢中でお化けの頭めがけてラムネの瓶を振り廻した。

「ごっつん！」と手応えがあった。

（やったァ！）と私が思った時、「いててて！　ひどいよ、これは!!」と、お化けは身をひるがえして廊下を走って行った。

「あれッ？　今のは豊（ゆたか）ちゃんじゃなかったか」

父が立ち上がる。

「ね、お化けは退治したよ！」

私の言葉など聞いていない。

「おまえはここで座って待っていなさい。すぐ戻ってくるからな……」

厳しい声で言っておお化けの後を追って、早足で廊下に出て行ってしまった。

暗い中で父親が消えてしまい本当なら「怖いよう……」と泣き出すところなのに何か自分でも悪いことをしたような気がして、おとなしく暗い中に座っていた。

しばらくして廊下に黒い影が動いてきた。

「おィ、帰ろう……」

父だった。立ち上がった私を父はひょいと背負って階段を下り、右手の棚の奥から自分の下駄を下ろしてつっかけ家に帰った。

私の覚えているのはそこまでである。父の背中でぐっすりと眠ってしまい、家に着いて蚊帳の吊ってある布団に移されても眠り続け、目が覚めたら朝だった。

蚊帳の中に寝かされた時、寝ぼけながら、「お化け退治してやったのに……」と言ったのは記憶にある。

「そう、そう、おまえはお化け退治をしてくれたんだなあ……」

父の声がして閉じていた私の眼尻を太い親指が優しく両側から撫でた。涙が出ていたのか。眠い時の欠伸の涙か、口惜し涙かわからないけれど。

そして一日経ち、二日経ち、その夜のことは誰も聞かず話さず忘れてしまった。

でも私はこんなことを知っている。

私のところへ来たお化けは、やはり内山さんの息子の、中学生の豊さんだった。面白がって特別出演したのだ。

父が慌てて私をおぶって帰ったため私のポックリを忘れ、自分の新しい柾の通った下駄も間違えてきた。

その後、父の次のような言葉がなぜか耳の奥に残っている。

「俺はすぐ楽屋に行ったが、擦ったらしく赤く腫れ上がった豊ちゃんの眼の中に、娘が振り廻したラムネの瓶の小さな破片か粉でも入ったんでは、と心配で下駄どころではなかったよ」

「でも、眼医者に通って一週間で治ったんで本当によかった。下駄は俺の方が先に違うのを履いてきたんだからしかたないよ」

「やっぱり寄席に子どもなんか連れて行くものじゃない。第一教育に悪いや」

今から考えると笑い話、本当に落語のような話だけれど私はあれから一度も父母からあの夜の話を聞いたことはない。そして周囲の人からもその話が出たこともない。それなのに、その結末までどうして知っているのか本当に不思議なことだ。

桃の話

私の家は、かつては浅草で米穀商を営んでいた。だから近所の家はだいたいが商売上のお客様で、いつも母から「道で知った人に会ったら、ちゃんと挨拶するのよ。みんな大事なお客様だから。『あんなお辞儀もしない子のいる店からは買ってあげない』なんて思われたら、お商売にさしつかえるからね」などと言われ、いつもペコペコしている家の空気が厭で、会社勤めの父親を持った友達が本当に羨ましかった。

下町のことなので近所づきあいもこまやかで、毎日の総菜もちょっとおいしくできると、小鉢に入れ、前掛けで隠すようにして運び、やりとりしたものだ。

隣家の若いおかみさんが「ちょっと甘すぎたけれど……」なんて言って、それでも自慢気に前掛けの下から小鉢を取り出すと、母は眼を見張るようにして小鉢の中を見て、嬉し気な顔を

して、

「まあまあ、色も良くおいしそうね。お豆を煮るのは大変だったでしょう。ごちそうさま」

そう言って、手近にあるどんぶりに移し、小鉢を洗って拭きながら家のあちこちを見廻し、仏壇に供えてあったお煎餅を三枚くらい紙に包んで小鉢に入れ、

「こんな物しかなくてごめんなさい。これはほんのオツケギ」

と返すのが常であった。

私の小学校六年生の頃だった。お盆近くの暑い日で、父と母は、牛込の親戚の法事に出かけ、三人いる小僧さんたちは、お盆までが一区切りの掛け取りに出掛け、私ひとりが店続きの六畳の部屋に寝ころんで、『少女クラブ』を読んでいた。

「こんにちは。ごめんなさいよ」

表の店の方から声がした。

だいたい白米の注文があると、茶色の麻袋に五キロとか十キロか十五キロとか量って入れ、自転車で届けるのが普通なのだが、たまにはすぐ持って帰る一升買いの人も来るので、私はいやいや起き上がって店に出て行った。

「裏の戸が閉まっていたんで表から来ちゃった。あのね、今日、潮干狩りに行ったんで

……」

三軒離れた角のミシン屋のおばさんが小さな笊を片手に立っていた。

「舟を雇って、お台場の先まで行ったのよ」

そして少し不満げに「お母ちゃんはいないの？」と聞く。

「親戚の法事に二人で行ったの」と笊を受け取って、奥の台所に行き、アサリをガラガラと小鍋に移してから周りを見廻した。

（そうだ！）と思い出し、家の中で一番涼しい流し台の下を見ると、箱に入った桃があった。これは一昨日、父が山梨の友達の家に遊びに行き、帰りに「お土産に」と言われてもらってきたのである。洗い桶に水を入れて冷やし、家中で一個ずつ食べ、なめらかな舌ざわりと、果汁がポタポタの豊潤な味を楽しみ、まだ十個ほど残っていた。私は米糠を売る時に使う母が作った丈夫な紙袋に熟れたのを五個入れた。

「アサリ、どうもありがとう。明日の朝、おみおつけにして食べます。これはオツケギ」

と言って笊と一緒に渡した。おばさんは大きな袋を怪訝な顔で受け取ったが、袋の中を覗いて顔色を変えた。

「こりゃ大変。ダメだよ。こんなものをもらったら、後であんたがお母さんから大目玉だ」

押し返してくるので、私も少しひるんだけれど、一度出した物を返してもらうなんてみっともない。

「おばさん。これ買ったんじゃなくて、お父さんが山梨の友達からもらってきたのよ。昨日、みんなで食べて、まだたくさん残っているの。母さんが早く食べないと、傷んでしまうって言っていたから……」

半分嘘をついた。

おばさんは疑い深い眼をして私の顔を見ていたが、私が返しても受け取りそうもないのを見て、一応、礼を言って持って帰った。

さて、その後である。父母が法事から戻って、母が桃が四個しか残っていないのを見て、たちまち不機嫌になり、文句を言いはじめた。

「あんた！　自分勝手をしてダメじゃないの。こんなアサリは、ちょっとお礼を言ってもらっておけばいいのよ。後で何か余った時にでもお返しすればいいの。だいたいオツケギというのはもらった物より多く返すものではないのよ。マッチの小さいの一個。だから、オ、ツ、ケ、ギと言うのよ。半紙なら二枚くらいでいいのに、あんな大きな桃を五つもあげちゃうなんて！　本当にばかだよ」

母は法事に着ていった黒い着物をたたみながら、くどくどと文句を言い続ける。

「もう一度、家中で食べようと思ってお店の人も楽しみにしていたのに……」

と、時々、うらめし気な眼で私を見ながら言う。早く二階の私の部屋に逃げたいのに、母の眼が私をとらえて放さないから叱言は全部耳から私の全身に伝わった。私も面白いはずはない。

「瀬戸物の猫の貯金箱でもぶち壊して、桃でも西瓜でも買って返してやるわい……」と口惜し涙が出た。

「もういいじゃないか。ミシン屋さんのおばさんも喜んだんだろ？ うまいものはみんなで味わったほうが功徳になるよ。カズドン（従業員の愛称）たちに一つずつ。母さんとおまえが半分ずつでちょうどだ」

と、父が仲裁に入って、やっと収まった。

それから、二、三日経ったある日の午後、母が妙にニコニコして買い物から帰って来た。

「今、佐竹通りに買い物に行ったら、ミシン屋のおかみさんに会ってね。『この間は、高価な桃をたくさんいただいてしまって』と、何度もお礼を言うのよ。あの時は息子の久ちゃんが夏風邪をこじらせて熱が高くて大変だったんですって。潮干狩りには店員さんだけ行かせて、両親で看病していたけれど、食欲もなくなって、肺炎の心配もあるから入院させた方がいいと、かかりつけの山崎先生に言われたんですって。食欲が出ればと思って、あんたがあげた桃を冷やして小さく切って食べさせたら『おいしいよ』と言って、それから食欲が出て、元気になったということ。本当によかった。上の女の子二人は病気で死んでしまって、今、久ちゃん中学一年で一人息子でしょ。そりゃ、心配するのは当たり前だわ。本当によかった。あんた、人助けしたんだよ。よく気がついて桃をあげてくれたわ……」

母は眼を輝かせて私に礼を言わんばかりである。

「私が役に立ったのはいいけれど、何だ？　これは」

だんだんばからしくなってきた。「自分勝手に桃をあげてしまって……」とあんなに怒っていたくせに事情が違ってきたら、態度がガラリと変わって「よくあげてくれたわ」である。いくら子どもでも母親の言うことが納得できないこともある。もう大人の言うことなんか聞かない。ご都合主義で絶対信用できないと思った。

母が嫌いになった。

そして二ヵ月間ほど私は母によそよそしい態度を取っていたし、母も妙に下手（したて）に出るようになって、ギクシャクした母娘関係が続いていた。

夏が終わり、秋が足早にやって来た。十月のある夜、父は故郷の愛知県の今は父の兄が当主になっている生家に行って留守であった。小僧さんたちはお風呂がすむと、自分たちの部屋に行ってしまい、私は二階の自分の部屋でリリアンという太いきれいな糸で紐を編んでいた。喉が渇き、水を飲みに下に下り、台所の流しで、コップで水を飲んだ。土間にはコオロギがいるらしく、秋の淋しさをかきたてるようにキィキィと鳴いていた。

ふと茶の間を見ると、暗い電灯の下で母が新聞紙を拡げて、その上でお店のお米を入れる麻袋の破れたところなどを繕っていた。

その横顔が悲しげで、いつもの陽気な母とは違うような気がした。

私は忍び足で自室に戻って、またリリアンを編みはじめた。淋しそうな母の横顔が気になって、編み棒を動かしながらもいろいろと考えてみた。

そして、私がもし母の立場だったら、町でミシン屋のおばさんに会って、あのように何度もお礼を言われても、家に帰ってすぐに今までと正反対の言葉を「あんた、よく気がついて桃をあげてくれたわ……」などとは絶対に言わない。第一、買い物に行ってミシン屋のおばさんに会ったことも黙っている。

そして、「まだ私は怒っているぞ……」と母親の威厳を守り、それから、だんだんと、「しかたがない。許してやる」と少しずつ仲直りをしていくのではないかと思った。そして、それは一番狡猾で娘にばかにされない方法で、どんなに考えても私が母だったら、それ以外の手段は取らないだろうと思った。そう思うと私は自分がこずるい人間で、まだ母の方が人の善いところがあり、ましな性格だということがわかって感心した。

もう少し素直に生きた方がいいな、もう意地を張るのはやめよう。母も私に対して十分に恥ずかしい思いをしたのだから……。

明日からは少し母の喜びそうなことをしてあげようと思ったら気が楽になった。

柱時計がボーン、ボーンとのんびり十時を打ち、秋の夜は静かに更けていった。

私の人形

この歌は明治四十年に作られた文部省唱歌である。

私の人形

一　私の人形はよい人形
目はぱっちりと色白で
小さな口もと愛らしい
私の人形はよい人形

二　私の人形はよい人形

歌をうたえばねんねして
ひとりでおいても泣きません
私の人形はよい人形

私はすでに卒寿を迎えているのだが、この歌はよく覚えていて最後までちゃんと歌うことができる。私の娘たち（と言ってもみな六十歳前後なのだが）に聞いてみると、団塊の世代の上の二人は知っていると言う。

では、次の歌は？

一　粗末にすなと　母上の
仰せ給いし　この人形
着物を着せて　帯締めて
箱の御殿に　すわらせん

二　着物は緑　帯は赤
模様は竹に　こぼれ梅

泣くなよ泣くな　お休みの
日には花見に　連れ行かん
三　暴れる鼠　じゃれる猫
人形の家を　破るなよ
学校すみて　帰るまで
待てよ我身を　おとなしく

覚え違いもあるかもしれぬが、調べても元の歌詞がわからなかった。

この歌を知っているかと娘たちに聞くとみな首を横に振り、「面白い歌ね」とばかにしたように笑う。

「童謡に文語体が出てきて、こんな詞に曲がついているの？」

「それがちゃんと良い曲なのよ」

私が歌ってみせると「へェーッ」と驚いて、

「ほんとだ！　でも変な歌ね。母上だの、仰せ給いしだの上品そうな家なのに鼠が出てきたりして……」

「ああ、その頃はどこの家にも鼠がたくさんいたのよ」

娘に説明しながら私の母が縫物とか洗濯をしながらこの歌を歌っていたのを思い出し、心が昔に帰っていくのを覚えた。

私が五歳ぐらいの時、母が浅草の観音様に連れて行ってくれた。帰り道に人形店があってその中の一番大きな人形だけが見本らしく振袖の着物を着ていてあとの人形はみな裸だった。大きいのや小さいのが顔と手足だけ白くて、それがズラリと並んでいるのは子ども心にわくわくした眺めだった。

その市松人形の中の二番目の大きさの女の子がほしくて、「小さい方がかわいい」と言う母と喧嘩になり、私は母に手を引っ張られてもその店の前に座り込んで動かなくなった。母は「いつまでもそうやってなさい！」「私は一人で帰るからね！」と何度も後姿を見せたが私がてこでも動かないのを知って、顔をしかめてブツクサ言いながら買ってくれた。

文句を言って買ってくれたのに、縫物上手の母は、そのいちまさん（市松人形の略）によそゆきと普段着の二枚の着物を作ってくれた。普段着は桃色縦縞の元禄袖に水色のへコ帯だったが、よそゆきの方は紫地の錦紗（きんしゃ）に紅と白の梅の花が咲き蕾がところどころに散っている模様なので、先に挙げた歌に似ていて嬉しかった。そして金糸の入ったキラキラする赤い帯を胸高に締めると人形でも見違えるように立派になり、着せてやった母もうっとりするほど美しかった。しかし、その着つけは私にはどうにもならないのでお正月と雛祭の日だけは母が面倒臭がりながらもちょっと楽しそうに着つけていた。

浅草で買ったのでアサ子と名前をつけたその人形を私はかわいがった。毎日おぶったり抱いたりして遊んだ。女の姉妹もなく近所に友達もなかったのでよい遊び相手だった。

嬉しかったことを話すと人形も嬉しそうだったし、悲しい時や口惜しい時は考え深そうな眼で慰めてくれて心が癒された。

ある時、自分では悪くないと思うのに、母が怒って、すごく叱られて泣いたことがあった。アサ子を抱えて二階に行き客間の押入れに隠れた。押入れの中は静かで客布団の間にいるとフカフカと気持ちが良い。はじめはアサ子に母の理不尽さを涙ながらに話していたが、いつしか、ぐっすり眠り込んでしまった。夕飯どきになっても私が帰ってこないので自分でも少し叱り過ぎたと思っていた母は青くなった。

「家族総動員で家の内外を探し廻ったら二階の押入れから鼾が聞こえて……」と、後でその話になると、

「やれやれと、やっと安心はしたけれど、涙と鼻汁とよだれで客布団に大きな染みができちゃ

って……」

笑いを含んだ怒り顔で、そのたびごとに睨まれ閉口した。

人形は人間とは違うからどんなおいしいものも食べないと知っていながらおいしいおやつをアサ子にも食べさせたくて小さな唇にビスケットなんかを押しつけた。だから人形の白い頬や口の周りにはビスケットや煎餅の粉がゴビゴビについていた。

アサ子のお腹を着物の上から押すと、「もうおやつはいらないよ！」と言うように「キュッ、キュッ」と中に仕掛けてある笛が情けなく鳴るのだった。

青い眼の人形（大正十年十二月　金の船）

一
青い眼をしたお人形は
アメリカ生れのセルロイド
日本の港に着いた時
一杯涙をうかべてた
「わたしは言葉がわからない

迷子になったらなんとしよう」
やさしい日本の嬢ちゃんよ
仲よく遊んでやっとくれ

この歌は四人の娘たちもみな知っているというが、私の十歳頃から流行り出した。

そして青い眼のアメリカ人形も、玩具屋で売り出していた。大きいのも小さいのもあったが私が買ってもらった十五センチほどの人形が一番よく出廻っていた。作られ方はみな同じだが、手足と首はゴムの紐で体についていて動き、眼玉の青いのや栗色のカールされた髪の毛やそこについている赤いリボンなどもはじめからきれいに着色されていた。小さいくせに小生意気な顔をしていて私はその子にメリーと名をつけた。母に小布をいろいろともらってメリーに服を作ってやった。いちまさんでは私にはどうしようもないがメリーの服は細長い布の真ん中に首を出す穴を開けて前後の布を揃え、ウエストにベルトのように紐をしめれば一応は服になった。

しかしいつもいじっているうちに胴についている手足のゴムがゆるくなったりゴムを留めている穴が大きくなって手や足が取れたりぶら下がったりして、いつのまにか人形はなくなってしまった。

キューピーピーちゃん

詞　野口雨情

曲　中山晋平

一

※ドンと波ドンと来てドンと帰る

チャップ波チャップ来てチャップ帰る

ドンチャップ　ドンチャップ

キューピーちゃん※

ピーちゃんお国は海の向う

来る時お船に乗ってきた

二

（※〜※）

ピーちゃんお国は海の向う

帰りもお船に乗ってゆく

また、他のキューピー人形の歌もある。

一　キューピーさん　キューピーさん
なんで　そんなに驚いて
大きなお目々を　みなパッとあけて
はだかのまんまで立ってるの

という歌詞で二番もあったが思い出せない。キューピー人形は大正のはじめ頃にアメリカで発売され爆発的に売れたらしいが、その後日本に輸入されキューピットと呼ばれ、恋の守り神として若者たちにも歓迎され子どもにも人気があった。そしてキューピーピーちゃんの歌は昭和五年に作詞、作曲された。

私の〝ピーちゃん〟は、頭の上の方が細くなり（これをビリケン頭という）尖っているのが面白いと言って父が買ってくれた。丈が三十センチほどだったが、同じセルロイドでも前のメリーとは違って体全体が叩いても壊れないほど強く硬くできていた。腕は両方動くが、太い首も、両足も動かなかった。残念なことに足は太ももから両足が一本になっていて立つのは上手だが座ることはできなかった。

女学校一年生の時、担任の女の先生が、「今度の土曜日に雛祭をしましょう、自分のかわいがっている人形を一つ持ってくること」と言われたので私はピーちゃんを持っていくことにして、その日に着せるピーちゃんの服のアイデアをあれこれ考えた。思いついたのは、タキシード姿である。画用紙でシルクハットのクラウンとつばを作り、貼り合わせ黒い布をベタベタと貼った。黒い上着とズボンも作った。が、彼の両足が真ん中でくっついていて一本になっているのでズボンははけない。いろいろ考えた挙げくに裾の方を細くしたスカートのようなのを作ってその真ん中に裏から筋を入れてみた。

「やったァ！」

ちゃんとズボンに見え、蝶ネクタイをさせたら立派なタキシード姿になった。

土曜日に教室の黒板の前に机の雛壇を作り、各自の持ってきた人形を飾った。豪華な女の人形ばかりの中のキューピーのタキシード姿は目立ったとみえて、

「あ、そのキューピーちゃん、かわいい。良い思いつきね」

と、先生から褒められて嬉しかった。

「歌は世につれ、世は歌につれ」という言葉があるが、人形の世界も売り出された人形が流行

ればそれを見て作詞家が歌詞を作り、また、それに曲をつける作曲家がいて童謡が生まれ、次々と歌い継がれていくようである。

ピーちゃんを最後として、私も人形を抱くような年齢でもなくなり世の中も戦時色が濃くなり人形などかまってはいられない時代となった。


私が結婚したのは、昭和二十一年である。

学徒動員で北支に出征した彼が終戦で無事に帰国した。そして結婚の運びとなった。

次々と女の子が生まれ一番末が男の子だった。その唯一の男の子が十歳の時に亡くなり、あとは娘ばかり四人となった。娘たちに、どんな人形を買ってやったかは忘れてしまったが、今、私の手許には五十センチほどのかわいいアメリカ人形が一人だけいる。ブロンドの長い髪がやさしくカールされて肩にかかり、賢そうで優しい瞳は青く輝いている。寝かせると、その眼が閉じられ長い睫が白い頬に影を落とす。

とにかく別嬪さんの人形である。

三人の娘が結婚、あるいは自立して家を出ていき、一番末の娘も結婚が決まった。その結婚式の数日前のことだった。

友達と会うと言って外出し、夕方の七時を過ぎたのに帰ってこない。結婚前のことでもあり夫も私も心配で、何度か門の外で駅の方を見て待っていると、ようやく細長い包みを提げて帰って来た。

「デパート四軒目で、やっとこの子に決めたのよ」

「お母様にプレゼント」と言うから茶の間に戻って開けてみると、一体の人形が眠っていた。

「私が嫁いだあとは、年寄り二人だけになるから、この子をかわいがってねー」

「前に私が買ってもらった人形はフユミちゃんだから、この子の名はハルミちゃんにしてよ」

自分で名前までつけて娘は嫁いでいった。

思えばあれから三十年以上の月日が流れた。

その末の娘も今は、すでに社会人になった一女の母になってあの時の純情さはどこへやら、逞しい中年の主婦となり、時おり我が家を訪ねてくれる。

夫は十四年前に亡くなり、私は九十三歳の老婆になってしまった。

ただ、人形のハルミちゃんだけが、私が大事にしていたので昔の美しさそのままで、抱き上げると長い睫の中の青い眼をパッチリと開けて私にほほ笑みかける。

気が向くと私はハルミちゃんを孫のように抱いて「私の人形」を歌ってやる。

今は、どんな人形を子どもたちが持っているのか。そしてどんな童謡が子どもたちに歌われているのか私は知らないし、知ろうとも思わない。

米屋の小僧さんたち

大正十二年九月一日、関東大震災の際、東京浅草で米穀商をしていた我が家も焼けてしまった。私の数え年三歳の時であった。

その後、父は愛知県の生家から借金をして、元の場所にいち早く新しい家を建てた。新しいことの好きな質(たち)なので、道路に面して表側は、その頃はまだ珍しかったコンクリートで固め、二階の窓の周囲はコンクリート製の瓢箪を並べて、自分の郷里の英雄、豊臣秀吉の千成瓢箪の旗印だといって自慢していた。そして二階の上に小さな四畳半の部屋を作り、そこを小僧さんの部屋とした。

新しい店の道路に面した方に縦一メートル、横二メートル、深さ一メートルの大きな米櫃が据えられ、左側には玄米を精白する機械が一日中ザアザアと音をたてていた。白米、胚芽米、五分搗きなどに精米されては、黄色い麻袋に十五キログラムか三十キログラムの袋に詰められて自転車で配達されていった。

米は重いので、どうしても男手でなければ間に合わず、そのため男性従業員が二人ほど住み込んでいたものだった。名前の下に「どん」をつけて呼び、私が十歳頃にはカズどんとマサどんの二人が三階に住んでいた。

カズどんは震災の翌年から勤めていて、その当時で七年ほども一緒に生活していた。静岡の網元の次男で、自分も漁師になりたかったのだが、兄が継いでしまったということだった。

彼は夕食が終わると、茶の間に続く三畳間に留め具を置き、紙袋から丈夫そうな白い糸を繰り出した。彼の器用そうな指が糸巻を操るうちに、それがだんだんと傘のようになり、広い裾の周りに光った重しをつけはじめる。さらに指先が動くと、やがて立派な投げ網が紡ぎ出されていった。できあがると、それを自分の兄に送るのである。

カズどんは明るい性格なので、私の両親もかわいがり、そろそろ支店を出して独立させようかと話していた。

彼の下にマサどんという子がいた。この子は父の知人の紹介で勤めるようになった。彼の父親は東京の江東区で鍛冶屋をしていたが、生まれ故郷の長野に一家全員で引きあげる時、自分は東京に残りたいと申し出たのである。ちょうど、高等小学校を終えた時だったので、私の父が引き受けた。だから、十五歳だったのだろう。

この子は気が弱くて、母が何か注意をすると眼が悲しい色に変わっていった。

「泣かれると困るから、何か注意したくても言えやしない。だから、カズどんから言ってもらうよ」

母は、よくこぼしていた。

でも、カズどんが弟のようにかわいがって面倒をみるので、家の中では楽しげだった。それが十二月三日に来た一通の電報で様子が変わってしまった。

カズどんに宛てた電報にはこう記されていた。

「ヨウイチシススグコイ　チチ」

当時、急ぐ時には電報が最も確かな手段だったのだ。

「兄貴が死んだ！　病気だろうか。オレより逞しく丈夫だったのに……オレ、今夜の汽車で帰ります」

青い顔をしたカズどんが言った。

ひとりで帰すには心もとないので、父がカズどんと一緒に行くことになった。

母が用意した香奠の包みと東京土産をあれこれ持ったカズどんに付き添っていった父は、その二日後の早朝、がっかりした顔で戻ってきた。

「もう、あいつは帰ってこないよ」

カズどんの家は父親と兄の洋一が漁師をして、それに母親との三人暮らしだった。五年ほど前に母が亡くなり、女手がないと困るので、兄が嫁をもらった。今では三歳の男の子とその年の春に生まれた女の子がいる。

彼の父は半年前に中風になり、稼ぎ手は長男だけになった。だから、正月も近いこの時期、金が要るため、無理をしてひとりで夜釣の舟を出した。それが明け方の天候急変で遭難したのである。

「あちらは大変だ」

父がしかめっ面をした。母も気の毒そうな顔をして聞いていた。

「あちらも大変だけど、こちらも大変よ。一年の一番忙しい時にカズどんがいなくなるなんて……。どうするのよ」

やはり小売商人にとって、商売の〝切り〟をつける盆と暮れが大事だった。とりわけ暮れの大晦日は大きな勝負どころである。

私の好きな落語に、掛け取りを扱ったものがある。客と商人が和歌で言い合う場面で、現金ではなく掛けで売れという客に、商人の方がこう言う。

「貸しますと返ってこぬでは困ります　現金ならば安く売ります」

すると、客が答える。

「借りますともらったように思います　現金ならばよそで買います」

この応酬をアハアハと笑いながら聞きながら、見事だなと感心していた。戦前の売り買いとは、たいていこんなものだった。

私の家の場合は、父が注文品はどんどん配達するものの、掛け取りは大嫌いという人なので、母の方が苦労したらしい。たまりかねて「こんなことしていたら仕入れにも差し支えてしまうよ。私が二、三軒廻って払ってもらいます」と言うと、決まって父はこう答えていた。

「それは、よせよ。なに、大晦日にはみんな払ってくれるさ。女の出る幕じゃない。銀行に預金してあると思えば心強いよ」

その掛け取りと正月、七草あたりまでの米の配達と、暮れの三十日までに納める餅（いろいろあり、正月を祝って飾る鏡餅、雑煮やお汁粉に入れるのし餅、ちょっと焼いて食べるカマボコ型の「なまこ」は切り口に黒豆や青海苔や胡麻が見えた）を用意しなければならない。

十二月には女学校も冬休みになり、私も手伝うつもりでいた。

精白したもち米を機械で搗き、客の注文通りの形にしたものを、小僧さんが木の箱に入れて、どんどん運んでくる。それを客の注文ごとに区別していき、改めて木の箱に入れるのだが、まだ搗きたてで温かい餅は抱くようにふわりと持たねばならない。変な持ち方をすると、端の方が伸びてしまい、売り物にならなかった。昔の風習が残っていて、二十九日に配達でもしようものなら「うちは九（苦）餅は要らないよ！　ああ、つるかめつるかめ」などと怒られてしまった。それで二十八日に配達をはじめて、翌日は休み、三十日には配り終えて、大晦日は精算ということになる。

だから、十二月二十五日を過ぎると、家の中は戦争のはじまる前のような緊張状態になるのだった。

その時期にカズどんがいなくなったのだ。春に来たばかりのマサどんだけでは、いくら父が頑張ってもさばくのは無理だろう。

「あ、ボクは何しろ暮れははじめてなので、一人ではどうにもなりませんよ」

もう、マサどんは敵に降参してしまったような声を出し、今にも泣き出しそうである。

母とマサどんの顔を困った眼で見ていた父が、その時決然とした声で言った。

「俺、これから職業紹介所に行って、誰か手伝ってくれる人を探してくる」

夜汽車で帰ってきたばかりで、まだ疲れも抜けていないのに、父は自転車で出かけていった。

「こんな節季（せっき）になってから新しいところへ勤めたいなんていう人、いるのかしらね」

と母が心配していると、一時間ほどして父が自転車のベルを高らかに鳴らして帰ってきた。

そして「ここが俺の家だから遠慮しないで中に入りなさい」と、自転車の後ろに乗っていた人に話している。

ところどころ剝げて白くなっている古い革の旅行鞄を提げた男が店に入ってきた。がっちりした体つきで、少し目の凹（くぼ）んだ顔だが、凹んだ中の眼の光は柔らかだった。

「水戸から来た山田ミツオ君だ」

父が私たちに紹介してくれた。

「俺の連れ合いと娘。この若いのが、小川マサオ君。あんたの先輩になる」

私たちのことを彼に紹介した後、マサどんにこう告げた。

「マサちゃん、今日からカズどんの代わりに三階で一緒に暮らしてよ。いろいろ教えてあげてよ」

マサどんが先輩ぶってミツどんを三階の部屋に案内していくのを見てから、父は嬉しそうにさっきまでの経過を話した。

「職業紹介所に行く途中の佐竹通り（その頃繁盛していた商店街）に大きな酒店があるだろ。あの前を通りかかると、『小僧さん入用』の貼紙があってそれを熱心に見上げて首をひねっている男がいた。ぴーんとひらめいたので、尋ねてみると、水戸から出てきて職を探しているっていうじゃないか。それで、早速連れて帰ってきたんだ。当人は米店でもよいと言ってるし、結構しっかりしてそうだから、よく働いてくれるんじゃないか。あの時、声をかけたのは正解だったよ」

と、自分の功績を母に自慢した。

「でもね、ちゃんとした紹介所からでないと身元がはっきりしないからねえ」

母はやはり心配そうだった。夕食の時にミツどんから変な話が出た。食事は茶の間で私たちが食べ、小僧さんたちはそこに続く三畳におのおの箱膳を前にして、向き合って食べる。終わると各自が自分の茶碗と皿を洗って箱膳の中にしまって積んでおく。

その晩は、「新宿中村屋と同じぐらいのおいしさ」と、作るたびに母が言う自慢のカレーライスで、若い二人は何度もおかわりしていた。

母が小さなどんぶりに福神漬を入れ、自分たちの皿に取った後、どんぶりごとマサどんに廻した。マサどんがミツどんの小皿に匙で掬って取り分けようとしたところ、ミツどんは手を振って「あ、福神漬は要りません！」と強い口調で断った。

そして、大きな皿に炊きたての白いご飯を盛り、その上からたっぷりとカレーをかけて、結局三杯もおかわりをした。

「おかみさんのカレー、本当にうまいですね」

母は褒められると上機嫌である。

「でも、福神漬が嫌いって珍しいわね」

と、母が言うと、ミツどんは凹んでいる瞼の上をヒクヒクさせながら、

「別に嫌いではないんだけど、私が水戸を出てきた原因なんで……」

コップの水をがぶりと飲み干し、それからこんなことを話し出した。

彼は昨日まで水戸の駅の近くの佃煮屋に奉公していたが、主人が「締まり屋（倹約家、というよりケチか）」で、損だ得だということばかり口にする人だった。

ある朝、その旦那が大声で何かわめいている。そばに行ってみると、店の棚にある、福神漬が八分目ほど入った大きなガラス瓶の中で鼠が眼をむいて死んでいた。ミツどんに向かって、

「店を閉める時にちゃんと蓋を確認しないからこんなことになるんだ！」とさんざんに怒鳴り

まくった。

蓋はちゃんとしてあったのに……ミツどんはそう思ったが、一応は頭を下げて謝った。すると、旦那は瓶の中に指を突っ込んで、鼠のしっぽを挟み上げ、店の前の道路のマンホールの中に投げ込んだ。そして、瓶の中の福神漬を指でちゃっちゃっとならして蓋をしたのだという。鼠の体で凹んだところぐらい掻き出せばいいのに、と言ったところ、また大声で怒鳴られた。ちょうど、そこに近所の奥さんが、朝食のお新香代わりにするのだろう、小さな蓋物を持って「福神漬、ちょうだい」とやって来た。

「はいはい」

旦那は木の杓子で福神漬を掬って容れ物に盛り、秤に乗せてから、その上にさらにたっぷり盛りつけた。

「朝早くからのごひいきのお客さんだ。これも仕入れたばかりだから、おまけしておきましたからね」

「あら、嬉しいわ。どうも、ありがと」

奥さんはにこにこ顔で帰っていった。

さすがに、ミツどんは気がとがめ、旦那に意見をした。

「ちょっと悪いんじゃないですか。鼠の入っていたところを、ならして売ってしまって」

旦那の怒ること怒ること。

「出て行け！」

ミツどんも引かない。「こんな店、やめてやる」と給料を精算してもらって、その足で汽車に乗って上京してきたのだという。

ミツどんと向かい合って食べていたマサどんは「鼠が眼をむいて」のくだりで「げーぇっ」と、悲鳴をあげ、途端にカレーを口に運ぶ手が遅くなった。

その頃は瓶詰で売られているものなど数えるほどで、酒でも醤油でも家から瓶を持っていき、買ったものだ。酒屋では大きな薦被りで包まれた酒樽に漏斗(ろうと)をつけた容れ物をつけ、栓を抜くと、トクトクトクと琥珀の液体が容れ物に流れていく。ぷーんと良い香りが周囲に漂う。そんな情景がいろいろな店で見られたものだった。

夕食がすみ、風呂に入ると、小僧さんたちは三階の自室に引き上げていった。

さて、一夜明けた次の朝。いつも朝食の時のマサどんは機嫌が良いのに今朝は暗い顔をしてあまり口をきかない。

十時頃になって父が近所の得意先にミツどんを連れていったのを見て、マサどんは母にこんなことを言った。

「ボクはミツどんと三階に寝るのは厭です。怖くて怖くて……もう長野に帰りたい」

「何が怖いのよ。あんたの方が若いけれど、先輩でしょ」

「あの人、水戸の佃煮屋で働いていたって本当なんですか?」

「うちの人が本人から聞いた話だからね。身元がはっきりしているわけじゃないけど」

マサどんは意気込んで、

「どこかで泥棒をしたとかで、昨日まで刑務所に入っていたんじゃないですか? 夜中に刑務所の歌を歌って、厭な笑い方をするんですよ」

「どんな歌なの?」

母が聞くと、マサどんは視線を天井に向けて、思い出しながら歌った。

「ろーやはくらい　おにめがのぞく　つきのさすまどよ　おにめがのぞく　いひ　いひ　いひ……」

本当に暗い歌だった。三階はマサどんたちの寝るだけの部屋なので天井板もなく、太い梁から下がった五燭光の裸電球が光を放っている。誰とも知らぬ男と枕を並べて寝て、夜中に変な歌を聞かせられ、マサどんは怖くてまんじりともせずに朝を迎えたのだった。

「あの人、悪いことをして牢屋に入っていて、鬼奴(おにめ)が覗く、って牢役人が見廻りに来るんですよ、きっと」

まるで活動写真の時代劇のような話になっていく。

「ミツどんのことは、どうにかするから、田舎に帰るなんて言わないでよ」

母はマサどんを引き留めるのに必死である。

その日の夕方、少し遠方の本郷の得意先に小僧さん二人を出してから、母は父にマサどんから聞いた話を告げた。

「へえ、夜中に歌をね。きっと寝ぼけたんだろう。どんな歌だ？」

父は面白がって母に聞く。

「短いから覚えちゃったけど……」

母は良い声で歌い出した。「ろーやはくらい　おにめがのぞく　つきのさすまどよ　おにめがのぞく　いひ　いひ　いひ……」

「本当に厭な歌だわ」

「牢屋は暗い、か」

父は呟いたが、その顔つきがだんだん厳しく変わっていった。

「鬼奴が覗く、か。うん、これはひょっとすると大変なことだぞ。まさかとは思うが、あいつ、共産党員じゃないだろうな」

今の共産党とは違う。戦前の共産党は天皇制を排除する目的があり、特高警察からはにらまれていた。思想犯として大物も小物も目の敵にされ、次々と逮捕されていく。

「もしも、あいつが〝赤〟だったら、どうしよう？　すぐに警察に届けないと、かくまっていたと思われたら、こっちまで捕まってしまうぞ」

「厭ですよ。だから、私は身元がわからないのは厭だって言ったのに……」

二人は言い合っていたが、彼の持参した古い鞄の中を見てみたらどうか、という結論になった。もしも変なものが入っていたら、すぐに出ていってもらうのだ。

「他人のトランクを調べるなんて、気がとがめるわ」

「しかたないだろう。早くしろよ。帰ってくるといけないからな」

母が先達で、まず二階まで上り、そこから狭くなった梯子をさらに上っていった。

「何で、あんな子を連れてきたのよ！　ちゃんとした紹介所で紹介してもらえばよかったのよ！」

　母は一段上るごとにぶつくさと言う。やっと三階の部屋に着くと、まだ五時前なのに師走の日は暮れかかっていた。窓からの夕陽が赤く部屋の隅の押入れの杉の戸を照らしていた。右側には彼らの布団が入り、左側の戸を母ががらりと開けて、首を突っ込んだ。

「あ、あった」

「中を開けてみろ！」

　母はトランクの留め金をガシャガシャ音をさせて開け、中を覗き込んだ。

「赤い本とか、メダルのようなものはないか？　よく見てみろよ」

「あった、あった、赤い本が！」

　母がトランクの中から怖そうに赤い本をつかみ出す。〝赤〟というのは共産党のことらしい。

「あったか？」

　父が受け取り、ぱらぱら開いてみた。じっと見ていて、すぐに笑い出した。

「ばかな奴だな。表紙は赤いけど、中は佐々木邦（くに）の小説じゃないか」

「だって、あんたが赤い本、赤い本って言うんだもの。あとは下着が二、三枚に洗面道具だけ」

　しばらくして、小僧の二人は仲よく帰ってきた。母は夕食がすみ、ラジオで聞きたい番組が終わったので、ミツどんが風呂に入っている間に、明日の朝の米を大きな釜に仕込んでいた。

マサどんが小さな声で母に話しかける。

「おかみさん、今朝はすんません。本郷に行く途中、ミツどんにいろいろと聞いて、すっかり安心しました。ミツどんは高等小学校を卒業してすぐ印刷屋に勤めて職人さんの下で〝追いまわし（何でもやる下働き）〟をやってたそうです。その時に職人さんがあんな歌を歌っていたって言ってました。少し不安になると、ついあの歌が口から出てくるようになったので……『怖がらせてごめんね』と謝ってくれました」

印刷屋がつぶれたため、佃煮屋に住み込んだのだという。

「そうよね、悪いことのできる人には見えないわ。そうそう、さっき洗濯物を取りに三階に上ったけど、あの電球は暗いから十燭のにしておいたわ」

何ごともなかったかのような、そしてもっともらしい顔で母はそう言った。


それからまた、一つ困ったことが起きた。ミツどんが来て、怖がったり不安になったりしたせいか、マサどんが風邪をひき、四十度もの熱を出したのである。体温計を見て、母は「あら、まあ」と驚いて二階の奥の客間と呼んでいる座敷に、練炭火鉢を運び入れ、大薬罐に湯をたぎらせた。

床の間の方を枕にしてマサどんを寝かせ、さっそくかかりつけの医師に往診を頼んだ。

近所の老医師が診てくれて、「風邪だけれど、スペイン風邪の心配もあるから、夕方もう一度来るよ」

そう言って、帰っていった。

「他人さまの大事な息子さんを預かっていて、もしスペイン風邪なんかだったらどうしよう……」

父母は食事ものどを通らないほど心配し、母は氏神である鳥越神社にマサどんの病気平癒を祈りにいった。私は母の言いつけで吉野葛の甘い葛湯を作って、マサどんに食べさせた。

ミツどんの姿が見えないと思ったら、彼は大きなバケツの中に氷を一貫目買ってきて、氷枕と氷嚢で前後からマサどんの頭を冷やし続けた。二日目の夜、母が夜中にマサどんの容体を見にいくと、枕元に今夜もミツどんがつきっきりで看病していた。

「昨夜、熱が高い時は薄目を開き、私の顔を見上げて『あんちゃん！』と言ってましたよ。そして熱っぽい手で私の手をしっかり握りしめたりしてたけど、今夜はだいぶん熱も下がったようですよ」

「あんたにまでいろいろと世話をやかせてすまないわね。私もみんなの晴着なんか手入れして、つい今になってしまったけれど、交替するから早く寝てちょうだい」

「でも、『あんちゃん』なんて呼ばれると嬉しいものですね」

七日ほどでマサどんは全快した。

正月用の餅の配達もやっと終わり、とうとう一年の総決算、大晦日と相成った。

母と私はいつも手抜きをしている掃除に精を出し、それが終わると、お節料理を次々と煮上げてお重に詰める。店の方は貸してある掛け金をいただくことで忙しくなる。

夜になると、向かいの家並みも我が家の側も商家なので、どの家も軒端に鈴木家とか田中家とか太い黒い字で苗字を入れた高張提灯を下げる。だから道路は両側からの光できらきらと輝く光の道となる。それは、夜遅く、掛けのお金を支払いに来て下さる人たちへのサービスの灯りでもあるのだろう。

提灯の光に、町内の頭（かしら）が一週間ほど前に立ててくれた背の高い笹と門松が寒風に揺れているのを見ると、「ああ、明日からは新しい年なんだ、お正月が来るんだ」とわくわくしたのを思い出す。

外は北風の吹く凍えるような夜でも、茶の間に入れば、練炭火鉢にかけた大鍋の中に、小豆のたっぷり入った汁粉が煮えたって、甘い香りを部屋一杯に漂わせている。

外廻りで体の冷えきった小僧さんたちはふっふっと煮えている熱い汁粉と中に入っている柔らかな餅を食べて、元気よく、また外に出ていくのだ。

「今年は少し景気が良くなったせいか、みんな掛けの分は支払ってくれたな」

「あ、大木食堂さんも払ってくれたの？」

母が言うと、父が厭な顔をした。

「あそこは、よく流行っているのに、七草までは払ってくれないよ。それも払い汚くて三分の二ぐらいしかくれない。前からずっとそうだから、もうこちらもそれに慣れてしまったよ。ま、銀行に預けてあると思えばいい」

いつもの文句が出た。

汁粉に舌鼓を打っていたミツどんが「マサちゃんと大木食堂に行ってきましょうか」と言う。せっかく、もう今年の店のことは全部すんだと、のんびり汁粉をすすっていたマサどんは、ちょっと顔をしかめたが、ミツどんの後をついて、店を出ていった。

二人はなかなか帰ってこない。

大晦日といっても、これが元旦の午前二時頃である。大木食堂は鳥越の方なので、自転車ならば十五分とはかからない。

母が柱時計を見上げて「あら、もう四時だわ。どうしたんでしょ」と眉をひそめた。

「本当に遅いな。半分でも払ってくれたら、かなりの金額になる。何か間違いがなければいいけれど」

父もだんだんと不安になってきたらしい。私も心配になって眠い眼をこすりこすり起きていた。

「そうじゃなければ、大木の旦那が払ってくれたので、それを持ってミツどんが逃げてしまって……」

「だから、家出人のようなのを連れてきたのが悪いのよ。紹介所を通せばこんな心配はしないのに」

またしても、その話になる。父は母のそんな言葉を聞くのが厭なので、店の硝子戸を開けて外に出ていった。私も父について外に出てみた。

どの家でも、もう提灯はしまわれていて、北風が強い。夜はまだ明けず、濃い紺色の空に細かな星がぎっしりと光っていた。

遠くから小さな明かりが近づいてくる。

ちりりんと自転車のベルが鳴って、家の前に止まった。

マサどんだった。彼は自転車をしまうと父の後から茶の間に入る。

「遅いのでみんな心配したでしょ」

元気な声でそう言った。腰のベルトに通してある、電車の車掌が持っているような鞄からお札をつかみ出した。

「はい、大木食堂さんが全部払ってくれました」

父と母は大喜びである。マサどんは大得意で、とにかく大木食堂はオムライスも玉子丼も蕎麦もやる店なので、浅草の六区帰りのお客さんで午前二時から三時までは行列ができるほど混んでいたと話す。おまけに、あそこのおかみさんがひどい風邪をひいていて、二階で寝ていたのだという。

マサどんは母の手渡した海苔を巻いた餅を食べ食べ話した。

「どうにもならない時にオレたちが行ったものだから、ミツどんが『こりゃ大変だ、手伝っていこう』となったんです。注文を聞いたり、料理を運んだり、あの店の店員さんより動きが速くて、ミツどんって本当に頭が良いんですよ。オレも手伝ったんだけど、お客から聞いた注文をすぐ忘れてしまって。ああいう仕事も本当に難しいんですね。それから、大木の旦那が『本当に助かった』と、掛け金全部払ってくれて、『あんたの旦那も帰りが遅くて心配しているだろうから、あんただけ先に帰れ』と。それで帰ってきたんです」

ミツどんは、もう少し手伝うと残っているのだという。

「ほらみろ、ミツどんはどこか見どころのあるヤツだと思って、それで連れてきたんだ」

母と形勢逆転した父が大威張りで、そう言った。


お正月も無事に過ぎていった。

正月気分も抜けて、寒い二月のある夜、そわそわしていたミツどんが、

「すんません。実は今日大阪の友人からちょっと来てくれないかと手紙が来たので、行ってきたいんですが、よろしいでしょうか。用がすんだらすぐに戻ります」

父の承諾を得て、ミツどんはその夜の汽車で大阪に発った。

それから、何日経っても電報も手紙も来なかった。それっきりだった。

「ミツどんは、よく面倒みてくれて、本当の兄貴みたいだったのに……」

マサどんが悲しそうに言った。

早春の日曜日の午後、狭い裏庭の隅にある梅の木がまだ少し寒い風に揺れて白い花びらを散らしていた。

母と私は短い濡れ縁に腰をかけて、まだ頭の上にある太陽の光のぬくもりに淡い春を感じていた。

「あのね、昨日、カズどんからお父さん宛に手紙が来たのよ。郷里のみんなが勧めるから、未亡人になった嫂(あによめ)と結婚するんだって」

「え、カズどんが、かわいそうじゃない。だって、二人も子どもがいるんでしょ?」

私は怒った。

「かわいそうでもないみたいよ。お父さんが行った時には泣いてばかりいた嫂さんも、今はしっかりしているみたいだし、何よりもなかなか美人だそうよ」

「ふうん……」

ちょっと寂しい気がした。

「そういえば、ミツどんからは葉書なんか来ないの?」

そう聞くと、母も真剣な顔で、

「あれっきりなのよ。本当に良い人だったかどうかもわからない。あれからお父さんが大木食堂へ配達に行った時に、大木の旦那が言ってたそうだよ」

大晦日、大木食堂の旦那がミツどんに「あんた、私のところで働かないか」と言ったところ、彼は「オレは東京に来た時、財布の中に六銭しかなかったんですよ。それで困っていたら、米屋の旦那が拾ってくれて、おかみさんも親切で、食べ物も寝る場所もあって、本当に嬉しかった」と話したのだという。そして、こう付け加えたそうだ。「でも、一宿一飯の義理も、やっとすんだかな……」と。

「一宿一飯なんて言うところをみると、共産党とは関係ないな、なんてみんなで話してたんですって」

「今頃、何をしているのかな」

裏木戸の向こうにある空き地からかちかちと拍子木の音が聞こえてきた。紙芝居が来たのだ。

「あ、ミツどんは黄金仮面かもしれない」

私が言った。

「そうね。眼もずいぶんと凹んでいたし、黄金仮面に似ていたわよね」

「きっと、そうだよ」

母の目も笑っていた。

梅の花びらが散ってひとひら膝に乗った。そして、次の風が来るとひらひらと舞い上がり、空の向こうに消えていった。

おなら二題

臭いもせず

　夫が会社の顧問をしている時のこと、口下手で必要なこと以外は家ではあまり話さなかった夫が、珍しくこんな話をしてくれた。

　先日、会社に長い間勤めて功績のあった人を表彰する会があり、表彰される人は、みな夫婦揃って出席したのだが、その中にほかの奥さんと同年配とは思われるが、際立って美しい奥さんがいて、それはA君の細君ということだった。

「今でも、あんなにきれいなのだから若い時は本当に弁天様のようだったろうな」と、みな羨ましげだったが、「そりゃそうですよ。彼女は元芸者さんをしていたことがあるということですよ」とそばにいたT君が言う。

「あの夫婦は、本当に模範的な夫婦で、彼と彼女のなれそめには、こんな話があるんですよ」

そして、こんな話をしてくれたそうな。T君からの話を、私に伝えてくれる夫の話は、まことに下手で、前後もチグハグでわかりにくい。私は夫の厚い唇から、こぼれ出る短い言葉をつなぎ合わせてやっと「ふーん」と思い、良い話だと納得したものである。

A君が大学を出て今の会社に入り二年ほど経った秋のこと。何かの宴会があり、彼も、その末席に連なっていた。と言っても接待要員で、こまかい用事をこなしたりして、やっと端の自分の席についたら、きれいどころが「こんばんわ」「今日は呼んでいただいて……」と、挨拶をして上座の席の人たちにお酒など注いでサービスしはじめた。姉さん芸者に交じって芸者になりたてのほやほやと思われる若い妓が彼の前に座った。あぶなっかしい手つきでお銚子を取り上げてお酒を注ごうとするので彼も膳の上の盃を取り上げて受けようとしたら、急にその徳利を置いて立ち上がり、部屋を出て行ってしまった。

「何だ！　バカにしやがって！」と彼は、受けようとした盃が宙に浮いてしまい、しかたなく手酌で注いで唇をしめしていたら、十分ぐらいして先刻の妓が入ってきて彼の側に座って「ほんまに失礼しました」とていねいにおじぎをする。

「さっき、何かあったの？」と聞くと、もじもじして顔を赤らめた。

「あの時……」

また口ごもった。

「何だ！　言いなさいよ！」

少し怒って言ったら、心を決めたように、A君の耳に口を近づける。

「あの時、あたし、おならしてきたんです……」

「え？」と聞き返すと、首の方まで赤くなる。

「おなら出そうになったんで、トイレに行って来ました」

A君も少し赤くなり、「それでトイレで出たの？　いくつ？」と、聞く。

「二つ、小さな音で、プウプウって……」

「ふーん、それだけ？」

「ええ、プウプウって臭いもしないで……」

「臭いもせずに、プウプウか……」

それでA君は彼女が好きになり結婚したいと思ったのだそうだ。そして、家族、親戚の人たちの大反対を押し切って結婚した。何にでも気がつく良い嫁さんで子ども男と女と二人できて、喧嘩もせずに仲よく今に及んでいるという。

「どうだ？　良い話だろう？」

やっと納得した私に夫は自慢そうに言う。

「大事なおならだったのねー」

「そうだよ！　大事なおならだ！」と言いながら、「よいしょ！」と、かけ声と一緒にすごい音をたてて夫の一発が響いた。

風情も何もあったものでなく、私はしまい忘れた団扇立ての五、六本の団扇を両手に分けて持ち、バタバタと扇ぎはじめた。

裁ち違え

これは明治生まれの母から聞いた自慢半分の話である。

母は小学校卒業後に、その上の高等科に進み、卒業と同時に華道の古流（こりゅう）を学んだ。三年後に師範になって「松祐斎山本理圭（ショウユウサイヤマモトリケイ）」（名前が山本けいだった）という号をいただいて十八歳ぐらいで師範代をしていたという。それほど熱心であったし筋も良かったともいえる。

しかし、昔は華道よりお針の方が大切で、一通りのものが仕立てられないとお嫁に行かれないということであった。彼女は母親の許しを受けると、近所の遊び友達の瀬戸物屋の菊ちゃんが通っているお針の先生に弟子入りを頼んだ。昔は仕立て物は男に限る、女仕立てより男の方が指に力があって隅々までピシリとできる、と喜ばれて、男の仕立て屋さんが多かったらしい。菊ちゃんの先生も六十歳ぐらいの男性ということであった。

親切な菊ちゃんがすぐ聞いてくれた。

「こんぶのお師匠（つしょ）さんが、今なら一人ぐらい増やしてもいいから連れておいでって……」

ケイちゃん（私の母はそう呼ばれていた）、大喜びである。

ただ、首を傾げながら、「先生でなくてお師匠さんはよいけれど、どうして上に『こんぶ』がくっつくの?」と、聞くと菊ちゃんは困った顔をする。

「行けばわかるわよ。だけど、あんた笑ったりしたらダメだよ」

少し恐い口調で言った。

ともかく母は次の月曜日から裁縫を学ぶことになった。

ケイちゃんの母親（つまり、私の祖母）は下町の見栄っ張りであったので、その頃の若い娘が普段している〝おすべらかし〟という梳かすだけで肩に流しておく髪型でなく、近所の髪結いさんで桃割れに結わせた。そして「明日は私が連れて行くよ」と張り切っていたが「おっ母さんは来ないでいいよ。どうも面倒でいけねえ……」と、お師匠さんが言ったと聞いてプーッとふくれたらしい。

それでも入門束脩（そくしゅう）と月謝、同門の娘たちへの挨拶の餅菓子の折りを用意してくれた。

「こんぶ」のお師匠さんの家は、歩いて二十分ぐらい。三筋町の大通りを左折した路地の奥の小さな家であった。菊ちゃんの後から木戸を潜って玄関に入ると六畳と四畳半の二間があった。その奥の狭い方の部屋に大きな裁ち台を前にして丸坊主の老人がせっせと何か縫っていた。広い方の部屋にはまだ朝の十時というのに二人ほど若い娘が座って、これも真面目にきれいな色の布を縫っている。

菊ちゃんに紹介されて母は、

「今日からよろしくお願いします」

と菓子折りと紙包みを出して挨拶する。

「あ、菊ちゃんから聞いてるよ。おケイちゃんと言うんだね。そこの布で雑布二、三枚縫ってごらん」

言ったかと思う間もなく突然身をかがめて、「けーッ」と喉を鳴らしてせき込んだ。

「こん、こん、こん、こん！　けーッ」

本当に苦しそうである。

（誰か背中を摩ってあげればいいのに……）

みな知らん顔でそれぞれの縫物に余念がない。

「何て薄情な！」

ケイちゃんが思った時、その師匠の丸めた背中の下の方から思ってもいない音が聞こえてきた。

「ぶゥ、ぶゥ、ぶゥ……」

おならである。

笑いたいような、聞いている方が恥ずかしいような気持ちなのに、みな当然のような顔で笑いもしなかった。

「こん、こん、こん、ぶゥ、ぶゥ、こんぶゥ……」

（なるほど、「こんぶ」のお師匠さんだ！）

と、思ったらどうにも笑いがこみ上げてきて止まらない。我慢をすればするほど胸から喉、それから口の方へと笑いの泡が吹き上がってくる。それを噛みつぶすようにして頭を振ってたら、そのはずみに頭の桃割れに差した簪が抜けて落ちて、三本ほど縫物をする時に使う鏝（こて）をつっ込んである大きなカネの火鉢の縁に当たって派手な音をたてた。

「でもね、お師匠さんは全然下品ではないのよ。そりゃちょっと見は背中の丸くなった小柄の年寄りで見映えのしない男だけれど、半日いて縫物の腕の凄さに驚いたわ……」

「へぇー、どんな？」

「とにかく裁ち台の前に、あぐらをかいて座っているけれど、その手と足の俊敏さと言ったら眼を見張るばかりよ。手にした布は自由自在で、長い女物の背縫いなど、あっと言う間に縫い終わる。あぐらをかけば左側には右の、右側には左の足首が来る。それが絎（く）け台の代わりをして足の親指と人差し指に布を挟んだら、まるで噛んだら離さない蝮（まむし）の口のように布を噛み、ピンと張った布の端をお師匠さんの短い指が一撫でするると、もう二メートル近くもある裾の三つ折り絎けができてるという按配でまったくびっくりしちゃったわ」

　そのようなことで、こんぶのお師匠さんの元に通って母はメキメキ和裁の腕を上げた。

　そんな彼女にお師匠さんは眼をかけてくれたが、古い弟子の中には快く思わない娘もいた。

その中でも二年先輩のときちゃんは母の競争相手だった。ある時、人から頼まれて同じような反物を同じ日に縫いはじめた時など誰も「競争だ」なんて思っていないのに当人同士は昼の食事もせずに縫い続けて、相手より早くきれいにと頑張ってほとんど同時に見事に縫い上げた。その時は甲乙なしに二人とも師匠から褒められたという。

ある九月の末のことであった。お師匠さんが唐草の風呂敷を泥棒背負いにして帰ってきた。弟子たちが中を見たがったので師匠は風呂敷を解いた。中から眼の覚めるような反物が二重ね出てきた。彼の得意先の芸者、千代香姐さんが近々踊りの会で忠臣蔵の落人(おちうど)を舞うことになり、その衣裳を頼まれたということだった。「お軽勘平」の道行(みちゆき)である。

「わしが模様のあるお軽の衣装を縫うから、おケイちゃんは勘平さんの黒い方を縫ってよ。この前、お祭りの時、踊りの衣装を頼まれて、あんたに教えてあげたね。あんた、あン時もなかなか上手に仕上げたよね。急ぐから自分の家へ持って帰って明後日までに縫い上げてよ。寸法書きはこれだから……」

渡されて、ずしりと重い反物と裏地を受けとる時は、みんなの羨ましそうな眼に囲まれて嬉しいのと一緒に（できるのかしら）という不安も胸に拡がって言葉も出なかったという。

とくに、ときちゃんの鋭い眼が体中に突き刺さる気がして、その中を逃げるように家に戻ってきた。

そして、その夜、本当に不安が的中して大変なことになってしまった。あんなに気をつけて、何度も確かめながら鋏を入れていたのに衽（おくみ）と間違えて衿にする布を真っ二つに切ってしまったのだ。

あっ！と思ったが、切り離してしまったものは、どうにもならない。

せっかく師匠が私にと言ってくれた信頼を裏切って、ときちゃんに「いい気になって罰が当たったのよ」なんて言われるぐらいなら死んだ方がましと、情けなくて泣いていた。

すると、母親が「誰にでも失敗はあるのよ。私も謝ってあげるからお師匠さんのところへ行きなさい」と夜の十時頃に一緒に行ってくれた。寒い秋風の中を師匠の家に着いたら、師匠もまだ寝ずにせっせとお軽の衣裳を縫っていた。師匠は失敗した話を聞いた時は驚いたらしく顔色が変わったが、「本当にごめんなさい。でもどうしましょう？」と泣き出した母の顔を見て「裁ち違えた衿を出してごらん」と言った。

彼女がオズオズと出した衿を中表に、きっちり重ねて細い細い絹針で、ツ、ツツーウと縫い合わせた。その縫い代を割って水を吹き、ていねいに鏝（こて）をかけた。明るい電灯の下へ行き、今、縫った衿を、鋭い眼で点検するように見ていたが、満足気に頷くと「ちょっと見てごらんなさいよ」と、うなだれて座っている母娘に声をかけた。

「えッ！」「あらッ！」と、衿の表側を見て、二人で声をあげた。魔法としか思えない。よくよく見ても継ぎ目が表側からはわからないのである。

「ともかく急いでということだから、それを使って縫い上げてよ」

と、師匠に言われ、あとは心を込めて、ていねいに縫った。

縫い上げて持って行くと師匠は隅々までよく点検して、「惜しかったね。あとは満点、言うところなし。明日依頼主に謝りに行くから、あんたも一緒にね」と言った。

「あら、もうできたのね、嬉しい！」

喜ぶ千代香姐さんに「実は、この娘が失敗して……」と師匠は事情を話しはじめた。

「二枚とも私が縫やよかったんだけど、急いでいるらしいから、この娘に縫わせて本当に申し訳ない。でもほかは私よりうまいぐらいに良く縫えていますよ……」

それを聞いていた姐さんも、こう言ってくれた。

「人間誰でも失敗することがあるのよ。見て継ぎ目がわからないなんて、さすが師匠は凄いわね。師匠は大事な衣裳を傷にしたんだから縫賃どころか弁償しなけりゃなんて言っているけれど、表側から見て傷がわからなければ傷はないのと同じよ……」

千代香姐さんは、座敷にも通らず廊下で頭を下げている母を見て、

「そんなに謝らなくてもいいのよ。あんたずいぶん心配したんでしょ」

と言ってくれた。

そして踊りの会の当日に師匠と母を招待してくれたという。

「私が縫ったのを姐さんが着て……『道行旅路花婿（みちゆきたびじのはなむこ）』、姐さんの勘平、本当に素晴らしかった。帰りにはお土産までいただいて……」

古い昔のことなのに、母はうっとりした眼になった。

そして衿を裁ち間違えたことは師匠も誰にも話してないし、母も少しお針上手のうぬぼれを反省して、ときちゃんと仲よしになったということである。

「めでたし、めでたしよ」

と母は上機嫌で話を終わらせたが、私はハラハラして聞いていたおかげで本当に疲れてしまった。人騒がせな話ではある。

3　この世の話

あの世とこの世

この話は私の母が八十七歳、私が五十歳を少し出た頃のことである。

その頃母は父が亡くなって牛込箪笥町（新宿区）の広い庭のある家に一人で暮らしていた。淋しがり屋の母は、人恋しいらしく誰かの訪れを毎日心待ちにしているようなので、時折私は母の好物などを作って訪れた。

その日は、秋黴雨（あきついり）というのか秋の雨続きの日の午後であった。

私は国電（ＪＲのこと）の飯田橋駅で降り神楽坂を登って行った。坂の両側には履物屋、雑貨屋など日用品の店がぎっちりと並んでいて、ところどころには気が利いた暖簾のかかった甘味処もあり見て通るだけでも面白く、左手の荷物、右手の傘も苦にならなかった。

その坂の九分目ぐらいの左側に、江戸時代から庶民に信仰され親しまれてきた毘沙門天がある。神楽坂は、明治・大正期には「山の手銀座」といわれるほどの盛り場だったらしい。そして、毘沙門様の縁日に繰り出す人の数は浅草の浅草寺に匹敵するほどだったといわれる。毘沙門様を祭ったこの寺の歴史は古く文禄四（一五九五）年に池上本門寺の住職日惺が開山したと伝えられている。

「えん日が千里もひびく神楽坂」などと古川柳にもあってその盛況ぶりが偲ばれるが、三十数年前の当時はもうその面影はなくひっそりとしていた。

私は賑やかな街中に閑散としたたたずまいを見せているそのお堂が好きなので実家に帰る時には必ずお詣りしていた。

その日も石垣に囲まれた境内に入り、本堂の階段下で傘をつぼめ（武勇の神さまとも言われるのだから、家族の勇ましく元気なこと）をお願いして手を合わせ頭を垂れていた。

ふとすぐ後ろに人の気配がするので振り返ると、よく見知った人の顔があった。実家の近所の果物屋の奥さんだった。

年は三十五、六歳ぐらいか。まことに愛敬のある人で小さいお店なのに繁昌しているのはその奥さんの笑顔があるからだと思われた。

時折母への手土産に、柿、葡萄、蜜柑など季節の果物を買うと、それを包みながら「あ、御実家にいらっしゃるのね。お母さん喜ぶわよ……」などと愛想よく話してくれるのでそこに寄るのが楽しみだった。

私は体の向きをかえて、「あら！　こんにちは。よく降りますね」と話しかけた。

笑顔になると思われた彼女の顔は能面のように硬く眉一つ動かさず、くるりと向きを変えて傘もささずに雨の中に姿を消してしまった。

まだ朝が早く彼女が商売をしている時間でもないし、考えごとでもしていたのだろうと、私は気にも留めずに電車通りに出て五分ほど歩き、実家の冠木門をくぐった。

玄関で「お母さん、来たわよ……」と声をかけると、母の大歓迎の顔が茶の間から出てきた。

「こんなに降るのによく来てくれたのね。今日は褻の日だと思ったら晴れの日だったわ」

私は抱えていた手作りのおはぎの入った重箱を母に渡しながら、

「いま、毘沙門様で角の果物屋の奥さんに会ったわよ……」

と、言った。

「え！」と言うなり母は私の顔をまじまじと見つめて、乾いた口調で言った。

「あら！　角の果物屋の？　厭だ！　そんなはずはないよ！」

「だって拝んでいたら、すぐ後ろにいたもの」

私は母が反論するのが不服で口をとがらせた。

「だって、あの奥さん、くも膜下出血とやらで一昨日急に亡くなって昨日お葬式だったのよ。すぐ後ろにいたんですって……つるかめつるかめ」

今までの楽しい陽気な空気がとたんに暗くなったようだった。

「亡くなった人が歩いて神楽坂まで行った……なんてことはないから、あなたの見違えよ。世の中自分にそっくりの人が三人いるということだから……。お堂の中は暗いから人違いだったのよ……」

そう言えば、お店の前を通る時に、いつもいろいろと店いっぱいに並べてある果物は一つもなく、二枚ほど引いた雨戸の間からお香の匂いが細い雨の中を漂っていたのを思い出した。(見違いだったのかしら？　でも振り返った時に左の眼の下にある黒子(ほくろ)もちゃんとついていたけれど……)

「絶対、あなたの見違いだったのよ……」と母はやっきとなって言う。

「さあ、もう、それは忘れましょう。やっぱり今日は褻の日だったのね……」

わざと明るい声で言い、台所から持ってきた小皿に重箱の中のおはぎを一つ取り分け仏壇に供えた。

「チーン」と一つお鈴(りん)を鳴らしてから、

「今晩は泊まっていってね。あんたが変なことを言うもので、独りじゃ怖くて眠れそうもないから……」


その年も暮れて、翌年の春のことである。母から電話があった。

「友達と箱根に行って来たのよ。二晩泊まりで、あなたが土鈴を集めているのでいろいろ、お店を覗いてちょっと面白いのがあったので買って来たから……それを持って行くわ……」

電話の中の母の声は若々しく弾んでいた。母の好物の茶菓を並べて待っていたら一時間ほどして玄関の扉が開く音がして、

「こんにちは！　あら、また増えたのね」

その頃、私は土鈴に凝っていて、家族、友達から旅に行く時に「おみやげ何がいい？」と聞かれると、「他のものはいらないから、どんなのでもいいから土鈴を一つ買ってきて……」と返事をしたものだ。

頼まれた方も「土鈴ならお安いことよ」と請け合って、忘れずにちゃんと買ってきてくれた。だからみるみるうちに土鈴の数が増え、またたく間に百個を超えてしまった。

どんどん増え続けるので私は置き場に困り、玄関を入った土間の右手の壁に細い竹竿を渡し、土鈴を吊るした。吊るす時に、その鈴の裏側に、それをくれた人の苗字と日付けをマジックペンで書き込んだ。時々その土鈴の贈り主が来て四竿にも増えた土鈴の中から自分のがあると、裏を返して見ている。

「あ、あたしのがあった。もうこれを買ってから三年も経つのね。あの時は……」

旅行の思い出などを話して懐かしそうに土鈴を撫でたりしていた。

「私の差しあげたの少し貧弱ね。こんなところに吊るすとわかっていたら、もっと高いのを買ってくればよかった。今度はもっといいのを買ってくるわ」

などと言いながら、

「この竿に吊るすというのはいい思いつきね。忘れていてもここに来ると思い出すもの……」

とみんな、褒めてくれて、私は良い気分だった。

だが夫はちょっとばかにしたような顔で、

「ここに入ってたくさん土鈴の吊るしてあるのを見ると、何か土産物店の店先にいるようで厭だね！」

さて、母は手提袋から箱根土産の羊羹と土鈴を取り出した。土鈴はゴルフボールほどの大きさで歌川広重調の峻険な箱根山が描かれた美しい鈴だった。母がそれに「昭和××年四月」、「けい」（自分の名前）とマジックペンで書き、私が上から三本目の竿の真ん中に吊るした。

「あら特等席ね……」

鈴を吊るしてから母は、私の出した新茶をおいしそうにすすっていたが思い切ったように、

「あのね、去年の秋、雨の日なのにあなたが私の家へ来たことがあったわね……」

「ああ。果物屋の奥さんを人違いした時？」

「そうよ、でもあの時、私はあなたの見間違えだと言ったでしょ？　でも、あれは本当にあその奥さんだったかもしれない」

「だって、あの時お母さんは、あんたの見違いだって何度も言ったじゃないの。それに亡くなった人が毘沙門様を拝みに来るなんて絶対にないから、やはり私の見間違えだったのよ」

とうとう母もボケはじめたか——と私は柔和な母の顔を見つめていた。

「いいや！　よく人の顔を覚えるあなたが見間違うはずはないわ。あれは若くて急に亡くなったので自分で死んだのがわからず道でフラフラしていたら知っているあなたに会ったので喜んでついて来たというわけよ。私、どうしてもそう思いたいの。私ね、この頃、自分がどんなに、この世の中が好きかということがわかったの。もう九十に近いのだから、死ぬのはしかたない

にしても、このまま何から何までオシマイというのは厭なのよ。たまにはありえないことがあったっていいじゃないかと思うの……」

「思うと言ったって……まあ自分でそう思っている分にはいいけれど……」

「ね、死ぬ時は苦しいんだろうね……」

母は新茶の茶碗を投げるようにテーブルに置いたかと思うと両手を胸の前で交叉させ胸を抱くようにしたと思ったら、母の下唇が幼い子が泣きはじめる時のように上唇にまで上がってきて、「えーン、えーン」と二度ほど声をあげた。

眼にはいっぱいの涙である。

「泣いたって、こればかりは、どうしようもないわ。お母さんらしくもない!!」

私が声を荒らげたら、「そうよねー」とすぐ納得した。ボケたのでもないらしい。

何か霊の出て来る本を読んだらしく「本当にあの世ってあるのかしらね」と言う。

「死んでみなくちゃわからないわよ……」

「もし私が死んで、あの世があったらすぐ知らせに来てあげるわ……」

そして、続ける。

「私の初七日の日に」とちょっと考えて「言葉では言えないから、そうだ! 玄関の土鈴を鳴らすわ。もし土鈴が鳴ったら、『あの世って、ちゃんとあるのよ』と、私が言っているって思ってよ」

いろいろな考えが消化されて、やっと気が落ち着いたようで、お茶をガブガブ、羊羹をパクパク食べはじめた。

その二年後の二月の雪の降る夜、母は入院していた新座の病院で眠るように旅立った。「苦しまれずに、よい最期でした」と、看護婦さんが言った。

葬式の日は輝くような雪晴れ。大きくはなかったが良い葬式であった。その翌日、私は家で静かに母を想い、いろいろと溜まった疲れを癒すようにのんびりしようと思っていた。

同居している次女と、午後の三時頃、紅茶を入れ、クッキーをつまんでいる時、娘が玄関の方を見るような恰好をした。

「なに？」と、聞く。

「誰か来たような気がしたのよ……」と、娘が立ち上がった時、

「ジャラジャラ、ジャラジャラ、ジャラジャラ」

土鈴の音だった。

娘が飛び出していき洋間と廊下の境の戸を手早く開けた。娘にも母との約束のことを話してあったのだ。

「あら？　誰もいないわよ……」

土鈴は玄関の土間に静かに垂れていて動いた様子はなかった。が、しかし鳴ったのである。結構大きな音で「ジャラ、ジャラ」と鳴ったのである。


今、こうして書いているそばで次女が新聞を読んでいる。

「ね、あの時、本当に鈴が鳴ったよね？」と聞くと、「うん、鳴った！」と言う。

母は亡くなった夜、あの世の入口まで行って、「あ、あの世ってあるんだ！」と思い慌てて引き返し、この世の私に土鈴を鳴らして知らせ、約束を果たしたのだろう。

でも何か納得できないので、また、娘に聞く。

「本当に、あの時、ジャラジャラと鳴ったわね」

するとお娘は頼りない顔で、

「たしかに鳴るには鳴ったわよ。私、時々友達にも話してみるんだけど、そんなことあるはずがないってみんな言うのよ。だから——」

「だから、何よ？」と娘を問いつめる。

「だから、何か鳴ったのよね。すぐに駆けつけて土鈴を見たけれど、そよとも動いてなかった。だから、私もだんだんとあれは家の外の何かの音がタイミング良く……」

「もう、いいわ。信じているのは私だけ……」

そして、その話は、それっきりになった。

恐山に行く

近所に住む三女が遊びに来て、雑談の折に「幹雄も生きていれば今年で三十七歳になるわよ」と言った。

たしか、平成六年の夏だったと思う。

ふと思うと、私の心の中にいる息子の幹雄はいつまでも亡くなった時の十歳の少年のままなので驚いた。

「もう、そんな年になるのかしら。今、生きていたら、どんなに頼りになるかしらね。私はもう一度、この世で幹雄に会いたいと思っていたのだけれど、これはかりはどうにもならない」

願望と諦めを綯(な)い交ぜにして口に出したら、娘は「会いに行きましょうか」と、いたずらっ子のような眼をして言った。

その結果として娘と私たち夫婦の三人で日本三大霊山の一つである恐山の土を踏んだというわけである（あとの霊山は高野山と比叡山である）。

昭和十七年、学徒動員で帝国大学を繰り上げ卒業した夫は北支に出征し、終戦まで主計少尉として勤務していた。終戦の翌年（昭和二十一年）日本に帰還できて出征前に決定していた鉄道省（今の運輸省）に就職して岡山駅の助役を拝命した。

そして、その年の十月に戦前から婚約していた私たちは結婚した。日本中、どこも空襲で焦地になっていたので岡山の新婚生活は貧しいものだった。

夫は岡山駅を振り出しに、東京、新潟、大阪とおよそ二年ごとに転勤した。

その間に次々と子どもに恵まれたが、女の子ばかり続き、やっと五人目に未熟児ではあったが男の子が生まれた時は夫は狂喜し私は嬉し涙をこぼした。

親にとっては多少の差はあっても、どの子もかわいいのだけれど、五人の子どもの中の、一人だけの男の子、家の後継ぎということで私たちは彼を溺愛した。

彼の姉たちも男の兄弟は珍しく、それが色白の華奢な市松（いちま）人形のような子なので、みな、お姉さんぶって世話をしてくれた。彼は誰からも愛されて、いつも我が家のマスコット的な存在であった。

だから彼が十歳の夏休みに夏風邪から肺炎になり、生まれながら少し欠陥があった心臓がそれに堪えられず、あっけなく亡くなった時には、夫も私も悲しいというより茫然自失の状態であった。

三周忌の頃までは悲しみから抜けられず、いつも眼の両側に涙の袋が下がっている心地で何かにつけて泣いてばかりいた。

街に出ても同年ぐらいの男の子からは意識的に眼をそらす。新聞や雑誌の少年の記事や、写真はすぐ頁を閉じて見ないようにする。

夫が出張などの夜には娘たちの健康な寝息を聞きながら、待望の男の子を一度は授けて狂喜させ、わずか十年で親の手から奪い返していった神だか仏だかを恨んで、一晩中、仏壇の前で涙を流した。

そんな悲しい日がいつまで続くのかと思っていたら神さまはちゃんと悲しみの緩和剤を用意してくれていた。

三年経ち五年経ちするうちに幹雄の姉たちはそれぞれ結婚したり独立したりで、頼りない私も娘の母親としての出番が多くなり、自分勝手に鬱の世界に籠もってはいられなくなった。

幹雄を想う気持ちもだんだんと悲しさより懐かしさの部分が多くなっていた。

そのような頃、三女がこの恐山に誘ってくれた。前からイタコの口寄せというものに興味は持っていたし遠いあの世にいる息子に会えるというのも嬉しくて、あまり乗り気ではない夫をやっと説得して今度の旅行になった。


しかしはるばると本州の最北地に来てもう十月なのに真夏のような暑さを味わおうとは思ってもみなかった。見渡すかぎりの荒涼としたカルデラ台地はなめらかな砂に覆われて朝九時の太陽は惜しみなく光と熱をその上に注いでいた。

「本当に暑いわね。頭がくらくらするわ」

「俺も口の中がからからだ。イタコの口寄せなんかどうでもいい。適当に御本堂を拝んで帰るとしようか……」

流れ出る汗を拭くハンカチをズボンのポケットに指でまさぐりながら夫はもう逃げ腰である。

そんな両親を見て娘は怒り出して、

「何よ！　二人とも。ここで帰ってしまったら遠くから来た甲斐がないわ。『一度、行ってみたい、連れて行ってよ』と頼むから恐山秋詣りの日に合わせて連れて来てあげたのに。いいわ、二人で帰りなさい！　私はちゃんとイタコさんの口寄せを聞いて帰るから……」

娘はただでも暑いのに怒りで頭の芯まで熱くなったらしく私が足許に置いた旅行バッグを靴の先で蹴とばした。乾いた砂が大袈裟に舞い散った。

（こんな遠くに来てまで喧嘩するなんて）

私がせっかくの娘の好意を踏みにじる自分を後悔しはじめていたら、

「早く入っていらっしゃいよ！」

娘の呼ぶ声が響いた。その方を見ると、いつの間にか娘は山門を潜って中に入ったらしく、荒い木の板の囲いの中で手を振っている。

夫と私は夢から覚めたように自分たちの荷物を肩にかけて「加羅陀山地蔵願主大菩薩」と黒い大きな字が縦一列に並んだ大のぼりの揺れている山門を通り、入山料を払って中に入った。時間が来て開門になったらしい。

すぐ左に曲がると宿坊を背に、広さ畳二畳ほどの粗末な掘っ立て小屋が五軒ほど並んでいて、それぞれその入口の前に行列ができていた。

娘は左から二軒目の「嬉野（うれしの）」（多分イタコさんの苗字だと思うが）と名札のある小屋の前で先頭から三人目に並んでいた。娘の後に私と夫とがつくとすぐに私たちの後に夫婦らしい中年の男女が続いて、どんどん行列が長くなる。他の小屋の前も同様であった。

しばらくすると、やっと口寄せがはじまったらしく先頭の二人の会社員らしい若い男が小屋に呼び込まれた。小屋の狭い入口には古い毛布を幾重にも重ねたドア代わりの布が地面まで垂れて中の様子はうかがうべくもない。

列の先頭になった娘と私は畏れと好奇心で中の音に耳をそば立てた。中ではお祈りがはじまったらしく「カシャカシャ」と数珠を揉む音がひびき、お経のような声も聞こえてきた。その祭文のような低い声は何を言っているのかわからないのだが「おかさん」とか「おっかさん」とかいう言葉が時々出てきた。きっと兄弟で、亡くなった母親に会いに来たのだろう。それが世間一般の普通のことで、私たちのように亡くなった息子に親の方が会いに来るのは少ないのではないだろうか。

何度も数珠を揉む音がして、それが止むと、言い聞かせるような声が十五分ほどしていたが、それも止まった。小屋の中の人が立ち上がる気配がして垂れ幕が端に寄せられ、男二人が靴をつっかけて出て来た。背をかがめ靴を履き直しながら「次の人、入って下さいって言ってますよ」と私たちにささやいた。その二人の顔は緊張からか赤くなってまだ涙が残っているように眼がうるんでいた。

私たちは娘を先頭にして恐る恐る小屋に入り、出入口の垂れ幕をしっかり下げて敷いてある古いゴザの上に座った。地面の熱気が粗いゴザの目を通して膝まで上ってくる。正面を見ると、こちら向きに六十代と思われる女の人が薄い座布団の上に座っていた。この人が嬉野さんというイタコさんなのだろう。普段は農家の仕事をしているらしく陽に焼けた薄黒い顔に小さな目鼻立ちの優しい感じの人であった。彼女は黒い単衣を着ていたが、その上に白い法衣を纏っていた。首のまわりに一つが小梅ぐらいの朱色の珠でできている数珠がかけられ、陽に焼けた手にも同じような数珠が握られていた。彼女の前に並べられた浅いボール箱の中には、茄子、胡瓜、トマトなどが入っていて、その隣の折りたたんだ新聞紙の上に丸い餅も五、六個載っていた。

娘と私が二人並んで座り、夫は後ろに一人で座り、狭いところにどうやら落ち着くと、「今日は誰に会いに来たん?」とイタコさんが親しげな調子で聞いた。

「大分前に亡くなった息子に会いに……素直で優しい子だったのに十で亡くなって……」

と私が答えると、彼女は息子の名前と亡くなった日を聞いて数珠をシャリ、シャリ揉みはじめた。

「昭和四十一年九月十八日に亡くなった蜂須賀幹雄の霊を……」

これだけはやっと聞きとれたが、あとは語るでもなく歌うでもないお経のような調子で呪文を早口で称えはじめた。その合間には、シャリ、シャリと数珠の音が入る。

だんだんとイタコさんの言葉の調子がかん高くなって激しく揉む数珠の音と交じると一種の厳かなハーモニーを作り出して、聞いていて自然に頭が下がってくる。私はこのイタコさんに息子の霊が宿って（いつ、「お母さん！」と抱きついてくるのかしら？　その時はどうしたらよいのかしら？）と考えて体が緊張でコチコチになるのを覚えた。が、イタコの口寄せというのは亡くなった人の霊がイタコさんに乗り移るのではなくて彼女が祈ると亡くなった人の言葉が彼女にわかるようになりこの世とあの世の仲介をしてくれるのだとわかった。

彼女は陽に焼けた顔をやや上向きにして、薄く眼を閉じ、少し開いた唇からはお経のような言葉が絶え間なく流れ出る。それは、いくら耳を澄ませても何を言っているのかわからないのだが、そのお経の中に「相すまない」とか、「申し訳ない」と聞こえる箇所がたびたびあった。

私が頭を上げてイタコさんを見ると、穏やかな顔が、ひきつり怖ろしい顔になっていた。

そして、はじめは胸の所で揉んでいた数珠の位置がだんだん上になってきて頭の上でシャリ、シャリと揉んで、彼女の声も一段と高くなる。

最後には「ハーッ」という大きな吐息が彼女の口からほとばしりやっと終わりになった。眼の吊り上がった顔が元の優しい顔になって、言葉も私たちにわかる標準語に近い言葉で言い聞かせるように話し出した。ところどころ歌うような調子もある。

「幹雄さんは、顔も心も美しく、学校もよくできたが……（学校もよくできたというのは当たってない。幹雄は何でも考え過ぎる質（たち）で、一と一を足すとどうして二になるのかわからないなどと言って、何ごとも理解するのに手間がかかるので成績はいつもクラスの中ぐらいだった）」

イタコさんは続けた。

「小学校四年生で病気のために親より早く死なねばなんねえことで幹雄さんは『自分はもっと長く生きて親孝行したかった。親に先立って死んでしまって本当に申し訳ねえ』と何度も申されて、謝っておる。幹雄さんは十歳で親きょうだいに別れ、一人であの世に行き、淋しさと悲しさで毎日泣いてばかりいた。夜が来るとよけい親が恋しくて家族のいる家に帰ろうと、周りにわからんように抜け出して、やっとあの世とこの世の境いの赤い橋まで逃げて来て、あと一歩というところで見張りをしている二匹の赤鬼に見つけられて、両側から腕を摑んで引き戻され賽の河原に投げ込まれる。本当に一晩でいいから親の元に帰してくれたら二度とわがままは言わずにおとなしく鬼さんの言うような良い子になると言うのに赤鬼が聞いてくれない。毎晩悲しくて泣いてばかりいた。けども、ある時、地蔵菩薩が助けてくれて、いろいろとあの世のことを教えて下さった。それで頭の良い子だからすっかり悟ることができて、今は極楽浄土で毎日楽しく穏やかに暮らしている。『今日ははるばると会いに来てくれて本当に嬉しかった。ありがとうと礼を言ってくれ』と幹雄さんは言っておる」

イタコさんは眼を大きく開けて夢から覚めたように私たちの顔を見まわした。そして「そんなわけで、もう心配することはない」と、手から数珠を外した。

私は紙に包んだお札をイタコさんの前に置いて小屋の外に出た。私たちの後にはもう三十人ほどの長い行列ができていた。行列を横切って裏の小道を歩き出したが中途半端な気分であった。もっと感激し、もっと涙を流したかった。

物足りぬ思いが残っているようだったが、歩いていると心がここに来る前より穏やかになっているのに気がついた。

細い道が登り坂になって硫黄の匂いが漂ってきた。黄色い岩が道ばたのあちらこちらにある。歩いている道には煉瓦の破片とかごろごろした石があって歩きにくい。

「ここが地獄」という立て札があった。そこを通り抜けると眼の前がパッと明るく開け、湖が見えてきた。宇曽利湖といってコバルト色の神秘的な水を湛えている。一筋、川が流れていて、その川は三途の川と呼ばれている。川の岸は一面に小石が散っていて誰が積んだのかところどころ小さな石の山ができていた。その傍には赤い前だれを胸にかけた小さな石の地蔵様が立っている。どの地蔵様も慈悲に溢れる優しい眼をして河原を守っているかのようである。そして子どもを亡くした親が亡くなった我が子を慰めるための赤い風車がどの石の上にも立っていて、淋しい河原の景色を少しあたたかな眺めに変えていた。

風が吹いてくるとあちらこちらの風車は一斉に廻り出す。

「カラカラ、カラカラ」

その音は亡くなった子どもたちの霊を励ますかのように聞こえる。

「み・き・お」

と河原で大声で叫べば、石の小山の間から十歳の時の息子が「ぼく、ここだよ」とニコニコと現れるような気がした。

もし幹雄が現れたら私は走り寄って、しっかりと抱きしめるに違いない。そして彼が幼い時にそうしたように私の腕の中で、嬉しいのにわざと手足をばたばたさせ、もがいて私の手から逃げようとする。

「いやだよ！　いやだよ！」

「もう放さない！」

と、抱いている腕に力を入れる。ふざけていると少年の清潔な息遣いとやわらかな産毛の頬の感触が思い出される。

「カラカラ、カラカラ」の音で、閉じていた眼を薄く開けてみる。息子の姿などどこにもなく、あちらこちらに不格好に積み上げられた石の山に刺されている風車が、山の方からの風に廻っているだけであった。

胸のつかえが少しずつ溶けていくように思えた。

「ああ、ここに来てよかった」

しみじみ大きな満足感に包まれている自分を意識して嬉しかった。


あれから十八年の月日が流れて、さらに私は九十歳を過ぎた老母になってしまった。

時折亡くなった人たちを想い出すのだが、もうあの世から来てもらわなくとも、私の方が確実に早く、あの世に行くに違いない。

そして、幹雄が亡くなった時、親恋しさにやっと一人で赤い橋のところにたどり着いたのに、待ち構えていた赤鬼が息子をあの世に引き戻してしまったらしい。本当にかわいそうな幹雄。

今、思っても涙が出てくる。

きっと赤鬼どもは、今でも逃げる子どもを捕まえて、あの世の闇の中に放り投げているのだと思う。そう考えると、私もうかうか死んではいられない。死ぬ時には、しっかりと爪を伸ばしてから死んで赤鬼に会ったら、その頬にでも爪を立ててやりたいといつも思っている。

玉の宮居

誰でも自分ではしっかり覚えているつもりが年月が経つにつれて心許なくなって情けない思いをすることがある。

母の場合もそうだった。新宿の牛込に住む母は時折杉並区の我が家にのんびりと一、二泊するのを楽しみにしていた。

六月のある日母が来た。良い香りの新茶で羊羹をすすめると嬉しそうに口に運びながら思い切ったような口調で私に聞いた。

「あんた、昔の『電車唱歌』って知っている?」

「知らない」

「古い歌だからね」

と、知らないのが当然という顔をする。

「私は絶対に忘れないと思っていたのに、いつの間にかウロ覚えになっていて……」

そう言って、小さな声で歌い出した。

〽玉の宮居は丸の内　近き日比谷に……

「それからが忘れていて……終わりは　〽まず上野へと遊ばんか……これが一番」

まことに簡単な曲ですぐにでも歌えそうだ。

「曲はやさしいけれど歌詞は五十二番まであって、まるで電車の路線をそのまま歌にしたようなのよ。友達とこの歌を全部覚えれば東京のどこへ行っても迷うことはないわねーと笑ったことがあったわ」

と言ってから、

「私の好きなのは一番と十四番」

また、歌になる。

〽京橋わたればさらにまた　光まばゆき銀座街

「その次の歌詞がわからなくて、最後は〽並木の柳風すずし、って言うんだけれど……」

「学校で習ったの？」

私が尋ねた。

「四年生の一学期に担任の先生がお産で入院して、代理にお兄さんのような男の先生が一学期の間教えてくれたの。とても熱心な先生。内海先生って言うの。この『電車唱歌』の五十二番まで全部ガリ版で刷って配ってくれた」

母の話はさらに続いた。

「先生がオルガンを弾いて教えてくれて、『誰かにひとりで歌ってもらおうか』って私を指名したの。私、上がってしまって少しつかえたら途中から先生が一緒に歌ってくれて。先生の声は太くていい声だったわ。歌い終わった時、『君は声がよく出て上手だったよ』って褒められて嬉しかった。それからこの歌の中の何番が好きかなんてみんなでがやがや言ったけれど、先生が『ぼくは気持ちの出ている一番と景色のよく書けている十四番が好きだな』って。（あ、あたしと同じだわ！）って嬉しかった」

そして母は真剣な顔になった。

「この頃、昔のことばかり思い出すのだけど、ちゃんと覚えているつもりなのに『電車唱歌』もいつの間にか忘れていて歌えない。思い出そうとそればかり気にしていると夜、布団に入っても眠れなくて……もし思い出せたらどんなにかスーッとするだろうか」

その後、「あんたはよく本を買うけれど、もし『電車唱歌』が出ている歌謡集のようなのがあったら買ってきてよ」と少し恥ずかしそうに言うのだった。

「いいけれど、いつになるかわからないし、それに歌謡集に載ってないかもしれないわ」

「それならそれでいいのよ。本当は自分で探せばいいんだけれど、この頃は眼も耳も弱くなってしまって……」

悲しげになった。

「ね、内海先生ってお母さんの初恋の人でしょ?」

「あら、いやね！　そんなんじゃあないわ！」

急に勢いづく。

「変なこと言わないでよ！　その頃はまだ私は十二歳ぐらいよ。恋だなんて！」

と、眉を吊り上げた。

「そういうのを初恋って言うのよ。淡い純な好きだという気持ちのことよ」

「いやね。ただ思い出が懐かしいだけよ」

母は大慌てで打ち消したが、さっきの情けない顔とは違って活き活きして何か艶っぽく嬉しげに見えた。

それからは私は本屋に入ると母から頼まれた歌謡集を探したが、流行歌の本はあるものの唱歌の本はとんと見当たらなかった。

母と会うたびに口には出さないけれど催促をされているようで図書館にでも行ったらと思ったけれど、私の知っている図書館はどこも建物は立派なのだが場所が駅から遠くて大分歩かねばならないので行くのが面倒だった。


じめじめした梅雨も過ぎ暑い夏も過ぎた。

名古屋の友達が所用で上京し我が家に一泊した。久しぶりに会ったので夜遅くまで楽しく話をし、翌日新幹線で帰る彼女を東京駅まで送って行った。

彼女を見送ったが、まだ昼の二時前だったので、いつも地下鉄で通り過ぎてしまう道をたまには地上に出て歩いてみようと銀座方面に歩きはじめた。

広い大通りは町並みもきれいで、ところどころ明治を思わせるようなビルがあって面白かった。私はキョロキョロしながら足にまかせて歩いた。が、そのうちに足が前に出なくなり、フラッと体が揺れて倒れそうになった。

そのくらい疲れていたのだ。いくら仲のよい友達でも泊める方も泊まる方も自分でも気づかないけれどお互いに気を使っているものらしい。

(散歩はやめて帰ろう)

でも、道の途中ではどうにもならないのでともかく銀座一丁目のバス停まで歩いた。バスはなかなか来ない。時刻表を見るとまだ三十分以上待たねばならない。ほかに待っている人もいない。陽が翳って寒くなったと思っていたら、急に強い風が吹いて雨の粒が頭に当たった。(あ、時雨だ！　傘は持っていない。困った)とあたりを見廻したら大通りを少し入った横丁に本屋を見つけた。私は小走りでその店に入った。

客は誰もいなかった。空模様が悪くなって店内が暗くなったのだろう。レジにいた女店員が電気をつけた。パッと明るくなり壁際の書棚に並んでいるいろいろな本がいっせいに背文字をきらめかせ、棚の前に積まれた雑誌の表紙の女性が(どう、きれいでしょ?)というような顔で私を見た。

その中を蟹のように横歩きで母に頼まれた歌謡集を探して奥へと進んだが、そのような本は見当たらない。バスの時間も気になるのでその店を出ようと出口の近くに行き棚を見上げたら、『愛唱名歌集』という背文字が眼に入った。文庫本と同じぐらいの大きさで厚みが二センチほどである。小さい私は精一杯の背伸びをしてやっと届いた爪の先で引っかけるようにしてその本を手にした。目次を見ようとしてちょっと外を見たら大通りをバスが走っていくではないか。

（大変！　バスが来たわ！）

私はレジに走り寄り持っていた本を女店員に突きつけた。

「あ、これ下さい。バスが来たので包まないでいいわ！」

そう叫んで千円札を出し、お釣りをひったくるように受け取って外に出て走った。

時雨は止んでいたが路面は濡れて光っていた。やっとバス停に近づいてみるとバスは並んだ客を次々と乗せて最後の一人がタラップを上ろうとしていた。

（ああ、よかった、間に合った）とバスに走り寄った時、街路樹の根元につまずいて左膝を地面に打ちつけてしまった。

（あッ！　痛い！）と思って立ち上がろうとしたが体が動かない。ぐずぐずしているうちに最後の乗客を乗せて静かにドアが閉まり、バスはガタンと一揺れして発車して、みるみるうちに遠ざかっていった。

（ああ、ひどい目にあったわ）と立ち上がって歩こうとしたらズキンと左のくるぶしが痛い。靴下をずらしてみたら足首をひねったらしく、見る間に赤く腫れてきて歩けそうもない。

ちょうどお客を降ろしたタクシーが近寄ってきて「乗りますか？」と声をかけてくれたので（やれやれ）と乗り込む。「西武線の高田馬場駅」と言うと「ありゃ、それは地下鉄の方が速いよ」と親切だった。「転んで地下鉄の階段が下りられない」と言ったら「家に帰ったら冷やしなさいよ」とますます親切だった。

人からの思いやりは心の和むものだ。駅に着きエスカレーターでホームに出た。ちょうど入ってきた田無行きの空いた座席に腰を下ろした時は大分元気になった。

そして（あ、そうそう。「電車唱歌」）と思い出しバッグの中に押し込んだ『愛唱名歌集』を取り出した。期待で胸がワクワクした。目次を開いて「て」の項を開けて指で辿ってみた。が、やっぱり載ってなかった。あんなに痛い思いをしてタクシーにまで乗って持ってきたのに出ていないなんて！

（こんな本、買うんじゃなかった）と口惜しくて家へ帰ってテレビの傍らの小机の上に載せて忘れてしまっていた。

それから少し経ち母が来て小机の上の本を見て「あら、『電車唱歌』あったの？」と眼を輝かせた。

「残念だけどこれには出ていませんでした」

と、言うとその本を引き寄せて「『デカンショ節』や『出船』が出ているのに……」と口惜しそうだった。

「出ていないのにどうしてこんな本買ったの」と言って、左足のくるぶしの貼り薬を見て「どうしたの、その足首は？」と何度も聞くのでしかたなく、それでも面白く脚色して笑いながら母に話した。

そしてバスに乗り損ねた話をしたら、母の微笑を浮かべた顔が急に怖い顔になった。

「あんた！　危ないじゃぁないの。まだ足をひねったぐらいでよかったよ。もしバスに巻き込まれたり車にひかれたりしたら大変なことよ。私が考えなしにあんたに頼んで本当に悪かったわ。どこでどんなことになるかもしれない。『電車唱歌』なんかもうどうでもいいわ。探さなくて結構よ――」

泣きそうな顔になって、その後は歌のことはプッツリ言わなくなったので私もいつか忘れてしまった。

母はその翌年から体調を崩して我が家にも来られなくなった。少し認知症の兆候も出てきたので埼玉にある病院に入院した。病院では時々大きな声で歌を歌うので婦長さんにほかの患者さんに迷惑になるからと注意されていた。

二月の寒い雪の日に母は亡くなった。八十九歳であった。病院からの電話で身内の者や親戚の人たちが駈けつけると付き添いのおばさんが「今日は気分がいいとおっしゃって次々に童謡なんか歌っておられたのに……」と言ってから「お宅では猫ちゃんをたくさん飼ってかわいがっておられたのでしょう?」と言った。

「童謡のあとで優しい口ぶりで、タマ、ミケ、マルなんて小さな声で節もつけて呼んでいらっしゃいましたよ」

と言うのだった。集まっていた人たちはみな、怪訝な顔をして「猫は飼っていなかったわね」と、ひそひそ話していたが、やがて「夢を見ていたのでしょう」と頷き合った。

私もみんなの言うことにうわべは賛成していたが、もちろん猫の名前などでないことは知っている。これは実家の人も家の娘たちも誰も知らない私と母だけの秘密だからと何も言わなかった。

もうどうでもいいと言った歌の歌詞を母はやはり知りたかったに違いない。もし誰かに頼んで迷惑になったら……と遠慮していたんだ。私にもっと甘えてくれればよかったのに。いつかの、ところどころ欠けている歌を、それでも嬉しそうに歌っていた母の顔が思い出され悲しかった。

そして母の四十九日忌も過ぎた。あちらからもこちらからも花便りがしきりで世の中はお花見気分でうきうきしていたが、私はまだそんな気持ちにはなれなかった。

「駅前の交番のそばの桜が満開ですよ。すぐ散りそうだから買物のついでに見ていらっしゃいよ」と教えてくれる人がいて、翌日の午後買物籠を提げて家を出た。歩いて行くのにちょうど良い距離である。本当に散る前の桜は美しい。一本だけだが巨木で四方に枝を伸ばして空いっぱいに咲いている。樹の下で見上げると、どの枝にもこんもりと花が盛り上がっていて空も見えない。

風が出てきたらしく花が散る散る。地面に舞い降りた花弁は強い風が来るとひょっこり立ち上がりクルクル廻りながら小人のように走って、吹き溜まりに止まり元の花弁に戻る。いつまで見ていても飽きなかった。

少し経って私は店の前が吹き溜まりになっている小さな本屋を見つけた。花びらの小さな山を跨いで入ったが桜に案内されたように思えた。

そして入口の棚に『思い出の愛唱歌』とカバーにある本を見つけた。手に取りゆっくりと目次を開いてみた。そして、「あっ、あった！」と私は叫んだ。「鉄道唱歌」と並んで「電車唱歌」とある。

目次の示す頁を開けてみると母の歌った歌詞が五十二番までズラリと並んでいた。

母がこれを見たらどんなに喜んだことか。もっと手際よく探せば早く買えたと思うし、図書館に行って聞いてみたら教えてくれたに違いない。

「お母さん本当にごめんなさい」

胸の中が苦い後悔と口惜しさ、甘酸っぱい懐かしさが入り交じって、涙が溢れ手にした本の文字が霞んだ。

私は一刻も早くこの本を買って家に帰り、母の写真の前で一番と十四番を歌ってやりたかった。

どんな偉い坊さんのお経よりもこの「電車唱歌」の方を母は喜ぶと思ったからだ。

電車唱歌

石原和三郎　作詞
田村　虎蔵　作曲

（一）玉の宮居は丸の内
近き日比谷に集まれる
電車の道は十文字
まず上野へと遊ばんか

（十四）京橋渡れば更にまた
光まばゆき銀座街
道には煉瓦しきならべ
柳の並木風すずし

夫の「八回」忌

夫の七回忌は本当は平成十八年なのだが都合で一年延期した。都合というのは法事の引出物に、何か記念に残るものを加えたいと思ったからだ。あれこれ考えたが趣味の少ない人なので一行の詩も字も残していない。娘たちと相談したが、どうなるものでもない。

七回忌はどんどん近づいてくる。しかたがなくお寺と親戚知人に、都合により一年日延べをするという挨拶状を出しその間に何か考えることにした。

生前のままにしておいた彼の座机の引出しの中の名簿に、ＮＨＫの川柳の通信講座の原稿が赤い字で添削されているのが一枚だけ挟まれているのが見つかった。彼がもし川柳を学ぼうと思ったら私と同じ三年連続の日記に時々書くのでないかと思いついた。

それにしてももう八冊ぐらいにもなる彼の日記帳が一冊も見当たらない。廃品を整理した時にも捨てた覚えはない。分厚い日記帳が八冊だから見当たらぬはずはない。草の根を分けても……ではない畳をめくっても探し出す！と意気込んだが狭い家の中のどこにもない。どこかに紛れているると思うのだけれど……。

どこも探す場所がなくなって、もうほとんど諦めてしまったある日の午後であった。私は二階のソファーに腰を下ろしボンヤリとベランダに降り注ぐ秋の冷たい雨を見ていた。ベランダの一隅に戸が壊れかかった古いロッカーが置いてある。「あ、あのロッカーも始末しなければ……」と思った時、気がついた。

雨で湿ったスリッパをはいてロッカーに近づき茶色く変色した戸を引いてやっとガタガタな戸を開けてみた。中に彼の古くて着られないコートが何かを包み込むように入っていた。

そっとコートを払いのけてみた。

「あった！　ありました‼」

いつ彼が八冊の日記帳をそこに入れたのかは知れないが二十四年間の記録を記した日記帳が「三年当用日記」の背文字も消えかかって現れた。パラパラと頁をめくってみると彼が運輸省を退官した時に通信講座を申し込み、一、二年せっせと励んでいた川柳が日記のところどころに記してあった。講座の先生が褒めてくれた句の下には、その批評が嬉しげに書かれ赤い丸が彼の手でつけられていた。

その中の一句を九州・有田の陶芸店に頼み百個ほど湯呑に焼いてもらい、八回忌の法要時にお茶とともに配ることにした。

機嫌の悪い時も孫の話をするとすぐ笑顔になる夫だったので百句ぐらいの中から孫を詠んだ句を選んだ。

腕相撲　自慢のあげく　孫に負け　　國雄

あの世で夫は「俺の下手な川柳を公開して!!」と怒っているかもしれないが仏事は故人のためというより残された人の思い出ともなるよう営むのでこれでよかったと思っている。

友の名を思い出せないまま別れ
引退し新人生は己がまま
ともかくもまず喜寿までのスケジュール

停年で亭主関白返上し

（白内障の手術のため入院して二句）

眼を治し第二の人生見直そう

入院し頼り甲斐ある妻を知り

職引きて妻の強さを知らされる

大正の男は妻に謝らず

ぼけ防止と亭主を使う妻の智恵

妻の留守少しのんびりやや不安

我が家の忘年会も孫主役

腕相撲自慢のあげく孫に負け

生きていることを知らせる年賀状

年賀状だけの付き合い多くなり

言い訳に使うことあり年の所為（せい）

友の名を思い出せないまま別れ

（平成六年より平成八年までの夫の川柳）

4　日々随想

ヒキ蛙の話

「おい！　竹井さんに本の礼状は出したな？」

と、夫が聞いた。

「ああ、お礼状、まだ出してないわ」

私が、そら豆を莢から外しながら答えたら、

「あれから十日も経っているぞ！　すぐ出してくれたと思っていたのに……」

夫はプリプリしている。

娘たちが嫁いだり、独立したりで、結婚当初と同じ夫婦二人の暮らしに戻ったら、若い頃とは大違いで、お互いの欠点ばかりが眼につく。

夫の先輩の竹井さんが退職後のつれづれに『仏教と私』という本を出版し、夫にも一冊送っ

てくれた。仏教にいろいろと造詣の深い方なので、その方面のことが詳しく書かれていて、仏像の写真もところどころに入っている豪華な本である。

「もうとっくに礼状は出してくれたと思った。あまり礼状が遅いのは失礼だよ！」

夫は同じことを何度も言って怒り、うるさいったらない。

「だって、あの本は、あなたに送って来たのよ。だから自分でお礼状ぐらい出したら？」

夫の顔が赤くなり、額の両側に薄青い血管が浮き上がった。

「何だ！　一度引き受けておいて！　おまえの字は男のように勢いがよいから代筆を頼むんだ！」

眼を吊り上げた。

若い時とは違いこちらも古女房で夫の怒りの限界も知りつくしているので、さっさと剝いたそら豆を持って台所に行き、そら豆は棚の上に置き、買物籠に財布を投げ入れてそれを手に提げて家を出た。

さて、外は五月の朝の爽やかな風が心地良い。街の角を二度曲がって自分の好きな道に出た。この道は高い塀をめぐらした大きな家が並び、垣間見る庭も手入れが行き届き緑が美しい。良い気分で歩いていると前の路地から小型トラックが出て来て、同じ方向に私の前をゆっくりと走り出した。

汚いトラックで青い塗料もところどころ剝げて「××建材」の字が微かに見える。荷台には茶色の厚ぼったい大きな紙袋が十個ぐらい積まれていて中身は砂かセメントが入っているらしい。

さっさと走って行けばよいのに、歩行者と同じぐらいの速度である。良い気分は吹き飛んでしまった。駅までの長い道を、ずっとこのトラックと先になり後になりして歩くのかと思ったら、もうこの道の魅力はなくなった。

（この次の横丁を曲がって他の道を行こう）と思っていたら急にトラックが停まった。

私はトラックの右側をすり抜けて前に出た。ふり返ると、よれよれの茶のズボン、汗じみたランニングの若い男が運転席から降りてきた。顔は不精髭に包まれ肩から手首まで陽に焼けて赤黒く、黒く長い毛がその上をびっしりと被っている。まるでゴリラのようであった。

彼はトラックの左の前輪の方へ行き、薄汚れた手拭いで鉢巻をした頭を屈めブツブツと何か言っている。

（おんぼろトラックの故障か？）

私は納得して歩き出した。

「奥さん！」

呼び止める声がした。一瞬耳を疑ったが他に人影もないのでゴリラ君が私を呼び止めたのだと思って足を止めた。

「角を曲がった時から道の真ん中に何か動いていると思ってユックリ走らせて来たらコレだった。俺が気をつけなけりゃ轢き殺していたかもしれんよ」

体長十五センチもあるヒキ蛙だった。ゴリラ君の言う通りにトラックの左の前輪の前に両手をついたような格好でかしこまっていた。

「おまえはどこから来たんだ？」

と、ゴリラ君は髭の頬をゆがめて蛙に話しかけるが蛙は観念したように、眼も口も閉じたままである。

「しようがねえな！」

彼はヒキ蛙の後脚を摑んでぶら下げた。蛙ははじめは苦しそうにもがいていたが、だんだんとおとなしくなって死んだように動かないまま下げられていた。

「奥さん、こいつお宅で飼ってやってよ。何も箱なんかに入れなくてもいいから。奥さんの家はこの辺なんでしょ？　庭も広くて池もあってさ。これを運ぶのは厭だろうから俺が、あんたん家（ち）まで持っていってやっから。それとも、その買物籠の中に入れてくれれば都合がいいけんど……」

彼が買物籠に手を伸ばそうとしたので、私は慌てて断った。

「ダメよ！　ダメ。私の家はここから離れているし、この辺のお屋敷のように庭も広くないし池なんかないわよ……」

「池がなくちゃダメだよなあー。しようがない、こいつの家を探すか……」

彼は諦めたように言って鉢巻の手拭いを外して蛙をぎゅっと包んで手に提げた。

「あら、大変ね。じゃあ……」

私が行こうとしたら、

「悪いけど、もう少しつき合ってよ。俺、こんな格好で、よその家を覗いたりしていたら空巣に入るんじゃないかと思われちゃうよ」

しかたなく私は彼の後について歩くはめになった。

はじめの家は高い塀から上にもっと高い樹が並んでいて、「池もありそうだ」と彼が外灯の柵に登って中を見渡していたが、

「ここはダメ！　全部芝生ばかりで雑草なんか一本もないみたい。ゴルフの練習をするのにはいいけれど」

二軒目は草ぼうぼうだけれど池がなくてダメ。

三軒目にやっと小さな池の周りに蛙の住み心地の良さそうな叢の茂っている庭が見つかった。

彼は塀の下の隙間に、手拭いから出してやったヒキ蛙を押し込んでお尻を押してやっていた。

そして爪先立って塀の上から覗く。

「あ、蛙のやつ、池の方へ嬉しそうにペタペタと行きおるわ」

そう言ってから、両手で口を囲って、

「おーい、達者で暮らせよな。もう道路には出てくるなよ！」

私と目が合うとちょっと恥ずかしそうに笑った。

（ゴリラ君、優しいんだな。本当に人は見かけによらないんだわ……）

背が低くて塀の中が見られないのが残念ではあったが私も嬉しかった。

「じゃあ、ありがとう。さよなら」

彼は停めてあったトラックに戻り今度は全速力で私の脇を走ってたちまち見えなくなってしまった。

私は、このまま買物をすませて家に帰ったら、竹井さんへすぐにお礼状を書いてもよいな、と思いはじめていた。

「塀際の三角の隅」始末記

その一

家を建て替えたら公道に面した西南の隅に畳半畳ぐらいのほぼ三角形の余剰地ができてしまった。いつからかそこを家族間で「三角コーナー」と呼ぶようになった。

塀の外なのではじめは気にもせずにいた。しかし、それは本当に困りものだった。ちょうど公道からも、お隣の私道からも死角になるので、通行人の都合の良いゴミ捨て場になったし、便利なトイレにもなってしまったのである。

ある年の秋の話である。毎朝玄関と庭を掃くついでに門の外の公道も掃いておくのだが、ある朝、右手の三角コーナーを見ると一晩のうちに空瓶、空缶が十個以上も転がっている。そしてコーナーの中の土には数人の靴の跡が入り交じり、塀には放尿の黒いシミが数条残っていた。昼近くに行ってみると、気温が上がるに従って臭気が強くなり眼にしみるような事態になっている。細長い木ぎれに、「ここに入らないで下さい」とマジックの太い字で書いて立てておいたが何の役にも立たなかった。姿の見えない敵にイライラするけれど、どうしようもなくて毎朝コーナーの空缶整理と塀の数条の黒いシミに臭気止めのスプレーをして水をかけるのが朝の仕事になった。そして半年が過ぎた。

翌年の四月はじめ、銀行の窓口で粗品として花種の小袋をもらった。マツバボタン、ニチニチソウ、キンセンカ、ヒマワリ、コスモスなどの夏から秋にかけての草花の種が混合されて入っていた。

庭も狭く、もう蒔くところはないので私はそれを三角コーナーに蒔くことにした。空瓶、空缶を取り除きシャベルで土を耕してその花種を一面に蒔いて毎日水を注いだ。十日ほど経つと、黒い土を破ってポツポツと緑の芽が、あちらこちら出てきた。

どの芽が何の花かわからないけれど、それからの生長は早くて、またたく間に土の色も見えないほど緑一色になり、小さな蕾がふくらみ夏から秋にかけて色とりどりの花が見る人を楽しませてくれた。こうなると心ない通行人たちも空瓶を投げることもトイレ代わりにすることも遠慮するようになって毎朝それを確かめて私は大満足であった。すくすくと育って大きな花が咲くのは当たり前、肥料がよく効いているものと苦い笑いがこみ上げてくる。

「本当にいろいろとよく咲きますね」

「明日は何の花が咲くかと楽しみですよ」

と、まわりの評判も上々だった。

しかし秋も半ば過ぎになると花たちは急速に勢いを失って枯れはじめた。

今までが百花繚乱の趣きがあったので枯れが目立ってくると哀れなありさまになった。コスモスのように細い茎は傾き、ヒマワリの薄緑の茎は薄茶となり、人間が尾羽打ち枯らしたように冬近い冷たい風に揺れているのを見るのは辛かった。

ある朝、全部引き抜いてしまおうと大きなビニール袋を傍に置いてその作業をはじめていると、

「あ、それいただけませんか？」

と声がした。顔を上げてみると毎朝この前をジョギングで通る年配の御夫婦だった。

「夏の間、お宅の花で楽しませていただきました」と背の高い奥さんが言うと、

「次々といろいろ咲くので楽しみで……」と小柄の御主人も褒めてくれる。

お揃いの運動着の衿の赤い縁取りが若々しい。

「もう次の種蒔きの準備ですか」

「私も年で無理はダメなので体調の良い日に少し早めでもやらないと……本当は庭だけでも手一杯なので、ここは植えておけば毎年花が咲くというようなのがよいんですがね……何がよいでしょうか？」

「あ、それなら菊になさい！　植えておけば毎年花が見られます。〽ミゴトに咲いた垣根の小菊……って歌があるでしょ。大きな花の咲くのはダメ。小菊に限ります」

と奥さんが教えてくれた。

昔の喜劇俳優のエノケンに似ている御主人は、

「いや、ここはクチナシがよい。塀に寄せて三本、前の方はマツバボタンでも蒔いておけば手入れなどいらない。六月頃に白い花が咲き良い香りがします」

「あら菊も匂いますよ。明治節（今の文化の日）の歌にもあるでしょう。〽秋の空澄み菊の香高き、って」

何かにつけて歌わないと気がすまないようである。

だんだんと菊とクチナシで険悪な状態になってきたので、残りの花のきれいそうなところを花鋏で手早く切って束ね奥さんに渡した。
「どうも、どうも」「あ、お手間をとらせて」「おじゃまさま」などと言いながら二人は並んで坂を下って行った。奥さんの手の花束が秋風の中にいつまでもサワサワと揺れていた。

その二

門の中の庭を手入れするのと外の三角コーナーで花作りをするのとでは気構えがはじめから全然違うことに気がついた。門の中で働く時は、外から見えても自分の家の中という気がするので気楽なのだが三角コーナーは門の外の公道に面した通路の傍である。誰かに話しかけられれば嬉しいけれどあまりだらしのない服装や荒っぽい動作は見られたくない。だから支度に手間がかかり、面倒になる。

十二月の半ば、娘と一緒に植木屋に行き、小さい種類の正月用の葉ボタンを十五株買って来て三角コーナーに配置よく植えた。形も色も同じようなのが揃っているのも見映えがして年が明けてから年賀のお客様に褒められて嬉しかった。

そしてそのままにしておいたら葉ボタンたちは、ヒョロヒョロと茎が長く伸びて各々勝手な形を作って三月頃まで並んでいた。

だんだんと花とも思えなくなって、遊びに来た友達に「あれは一体何なの?」と聞かれて、「ちょっとオブジェのようで面白いでしょ?」と言ったら、「お正月の葉ボタンを今頃までそのままにしておくなんて! 早く去年のようになさいよ!」と言われてしまった。

しかたないので数日後、吉祥寺に買物に行ったついでに植木屋に寄って春蒔きの花種を五種類ほど買って来た。四月の半ば頃葉ボタンの軸が茶色になってきたので全部引き抜いてその跡を耕し減った土に栽培土を混ぜて平らにした。

これで花種蒔きの準備は万全である。

翌朝、身支度をととのえて全部混ぜた花種とシャベルを持って門の外に出た。右の方の三角コーナーを見ると、

「あれッ!」

誰かがいる。

十歳ぐらいの男の子が細長い棒でコーナーの土をかきまわしていた。

「ちょっと! 何をしているの?」

声をかけても黙って同じ動作を続けている。一見悪ガキ風であったが、よく見ると睫毛の長

い良い顔だちのおとなしそうな子である。

「ね、棒でかきまわすのやめなさい。私の家なのよ。勝手なことはしないでよ！」

思わず彼の手を押さえようとしたが、彼が棒を持った手を大きく振ったので私の足に当たって痛かった。

「何をするの！　あんた今日学校は？　あ、今日は土曜日か……とにかく帰ってよ‼」

「だって、失くしちゃったんだよ」

今にも泣き出しそうな顔をした。

（何を失くしたのか？）

いろいろ聞いてみてポツリポツリ前後もなく彼が話したことをつなげてみると、同じクラスのちいちゃん（千鶴、というらしい）が三月に父親の転勤で仙台に行ってしまった。別れる時にその子が彼の手に、彼女が大事にしていた宝物を渡してくれたとのことで、その宝物を今日ここで失くしてしまったんだと彼は悲しそうな顔で言う。

「宝物ってどんなもの？」と聞いたらビー玉より少し大きな赤い透き通った玉だという。

「キラキラ光って本当にきれいな玉だよ」

「だって道を歩いていれば、こんなところに、まぎれるはずはないでしょ？」

彼は辛そうな顔になり、

「体をゆすったらズボンのポケットから飛び出してわかんなくなっちゃった……」

「体をゆすったって、どうしてよ？」

彼は、小便小僧の銅像と同じ姿勢をし、はた迷惑な行為の最後の形をして体をゆすってみせた。

ここはトイレではないと怒ると、「だって我慢できなかったんだよ。しかたないよ」と自分だけで納得してチラッと私の顔を見て「おばさん家には悪いよね。ごめんなさい」と、しょげて俯いた。

白いうなじが痛々しくて、二度としないなら許してあげようと思って、「もういいわ」と言いかけたら、

「あ、あそこにある！」と大声でズカズカとコーナーに踏み込んで小さく囲ってある水道栓の穴から赤い玉を拾い上げた。

彼は宝物を握った右手を高くかざして振り「あった！　あった！　よかった！」と言って、私に目もくれず、今までのおとなしい子とは別人のような悪ガキの顔になりコーナーを飛び出てバタバタと走り次の横丁を曲がって行ってしまった。その速いこと「ちょっと待って！」と

呼び止めることもできなかった。

　本当は宝物の赤い玉をジックリ見せてもらいたかったのだがしかたがない。彼が玉をかざして手を振った時、指の間からキラリと光った赤い色が何か神々しく見えたことを思い出した。

　今の子どもは集団だとイジメなどに走るが個人の感情は昔と変わらない。

　私は彼がいつか別れた千鶴ちゃんに会えるといいなと思ってコーナーに残された彼の靴の跡や汚い痕跡を大量の水で洗い流した。そして、用意してあった花の種を隅々にまで丹念に蒔いた。ひさしぶりに幸福な気分になった。

その三

それから一週間ほどしたら三角コーナーにところどころ緑の芽が出て来た。

　毎朝水をやるのが日課となったが四日目のこと、行ってみるとコーナーに自転車が三台、車輪を手前に寝かせてあった。黒と茶の二台は男子用で、少し小さい薄いピンクのが女子用と思われた。まだピカピカと新しかった。

（誰のだろう？　こんなところに寝かせておいて）

と思ったが、自転車の下には花の芽がのぞいている。でも自転車の上から水を撒くわけにはいかないので水やりは夕方にした。

しかし夕方になってもそのままで三日経っても三台の自転車の持ち主が現れない。

はじめは近所のお宅に三人連れのお客が各々それに乗って来て、まだ泊まっているのだと思っていたが誰も自転車に近づかず置いたままの姿である。私としては自転車より芽を出しはじめた草花が水を欲しがっているのにと思うと気が休まらない。バケツの水をコーナーの隅から二杯流し込んでやった。もし持ち主がすぐに乗るつもりで来て濡れていたら困ると思ったからである。

「あの自転車捨てたんだと思うわ」と娘が言う。そして最寄り駅の南側にできた交番に届けに行ってくれた。自転車が置かれてからもう五日目になっていた。

その日の午後、門のベルが鳴ったので出てみたら制服制帽のおまわりさんが立っていた。若くてキビキビしていて、三角コーナーを指して「あ、あれですか?」と言う。私がサンダルをつっかけて外に出てみると、もう右には黒い塗料の自転車、左には茶色の、そしてピンクのは一番軽いらしく両腕で上手にあしらっている。

「本当に、こんなに新しいのを捨てたのかな?」と首をひねる。

私が五日も前からで「持ち主が不明なので本当に気がもめて……」と言うと、「そうでしょう。ゴモットモサマです」と大きく頷いて「一応交番で預かっておきますから」

その三台を両手でうまくあやつりながら帰って行った。

私はさっそくコーナー一面にたっぷりと水を撒いてやった。乾いて白い土が水を吸い黒い土に変わり二、三センチほどに育った草花が急にどんどん伸びはじめたように思えた。

（ああ、よかった。あのおまわりさんが持って行ってくれて。この頃は民衆に愛される警察ということで言葉もていねいで本当に頼り甲斐があるわ）

彼の童顔を思い出しながら茶の間で一休みしてお茶を飲んでいると門のベルが鳴った。出てみると、あの童顔が目の前にいて、前と同じように両手に三台の自転車を引きずっている。

「奥さん、さっきはどうも……」

彼は照れくさそうに言い、両手に引きずっていた自転車を三角コーナーに元のように寝かせて並べはじめた。

「えー、黒は右か左か、どちらだったかな」

「あのー、どうしてまた、前のように並べるの？」

「ご不審は、ゴモットモサマです……今、説明しますから」

土に触れて汚れた両手をポン、ポンとはたきながら、私の前に立ちピョコンと礼をし、話し出した。

「さっきこの三台を持って交番に戻って、横の方に並べて置いたら先輩さんに怒られてしまったんです。私としたら交番の前に置けば自分のだという人が現れるかもしれないと思ったんですが、いやあ、そんな簡単なものじゃありません。まあ怒られて、といっても自分は新米であるから注意されて……といったところかな」

「だってせっかく持って行ってくれたのに、また持ち帰って元通りに寝かせておくなんて！」

「そう不思議に思われるのは、ゴモットモサマですが……」

と、彼が説明してくれたところによると、

「公道にあって、どこにも触れていないものは、持ち主がないとして誰がそれに触り片付けてもよいが、その物が少しでも誰かの家に触れていると、それはその家の所有物とみなされる。いくら警察でもそれを引き取るのは法律違反ということになる。どんなに不要なもので、それがお宅のものでなくても現在お宅の地所にあったこの自転車は立派にお宅のものということになる。こういうわけです……」

午後から少し暑くなったので鼻の頭に汗を光らせながら説明してくれた。

「じゃあ、じゃまなのに、いつまでもこうして置いておかねばならないの⁉」

　いささかこちらも頭にきて問いつめて、

「それでもあなたは、その法律を知らなかったのね、警察官なのに……」

「ああ、ゴモットモサマです。実は私この四月に巡査を拝命したばかりで、これが初仕事なんです。本当に不勉強ですんません」

　と、大きく挙手の礼をした。そして「今月の末に乗り捨て自転車を撤収するトラックが町内をまわるから、その時にお宅から五センチでも離して公道に置いて下さい。持ち主がないとみなしてトラックが積んでいってくれます……ではこれで……」と、また挙手の礼をして戻って行った。

　私は何とも気持ちが割り切れないので、どうせ雨でも降れば、この三台も濡れるのだからと寝かせた自転車の上からザブザブと水をかけてやった。

　月末になった。トラックを待っていると、交番から電話があった。トラックの来るのは、都合で来月の五日になるとのこと。

「あ、また、延びるの？　本当に迷惑だわ！」

　と言ったら「ゴモットモサマです。でも、もう少しの辛抱です」と明るい声が返ってきた。

五日の朝に寝かせておいた自転車を起こして家の塀から五センチぐらい離して三台並べておいた。お昼近くにトラックが来て係の人がヒョイヒョイと自転車を何の苦もなく荷台に待っている係の人に渡していとも簡単に積み込み走り去った。本当にセイセイした。しかしコーナーの花は自転車にじゃまされた水やりのせいか百花繚乱というわけにはいかず、ところどころ少しずつかたまって咲いていた。

その花が散ってしまってから、私はいつも頼んでいる植木屋さんに相談してコーナー全体にツツジを植えてもらった。

その後は、もうゴミ捨て場にもトイレにもならず、赤い花が五月の青い空の下に一面に咲き私のイライラした気持ちがやっと静まった。

ゴモットモサマと言うべきなのだろう。

生存競争

夫が勤めを全部辞めて悠々自適というとまことに体裁がよろしいけれど、暇な年金生活になった四月のある朝。朝食を食べながら、「俺が毎日家にいると、おまえは面倒か?」と聞いたことがある。今まで長い夫婦生活の間に一度もそのような労りの言葉を聞いたことがなかったので、「ヘエーッ」とびっくりしてしまった。

何と返事をしようかしらと考えて頭に浮かんできたそのままを口に出した。

「少しは面倒だけれど、私も毎日一人で家にいるのも退屈だし……。それに今まで子どもたちや私のために働いてくれたのだから、もうこれからはのんびりと暮らした方がいいわ。毎日を楽しんで過ごせば二人とも元気に長生きできると思うから……あなたが毎日家にのんびりいるのは当然という感じよ」

そう言うと、夫は満足そうだった。

「もし俺にこうしてほしいという要望があったら言ってみろよ」

と、ますます嬉しいことを言ってくれる。

(へえッ。どうなっているんだろう。大地震の前触れかしら？　こんな日は二度とないと思うからチャンと言わなくては……)

夫を見ると、折しも私が作った甘く、少し香ばしい焦げ目がついた卵焼きを箸でちぎって、皿の隅にこんもりと盛っておいた大根おろしを載せて口に入れたところであった。

きっと夫の口の中は、ふっくら柔らかな甘い卵焼きとピリッと辛い大根おろしが混然としておいしいに違いない。

それなのに何も言わず味噌汁を一口すすった。

味噌汁だって堅い鰹節をコキコキ削ってワカメとお豆腐とシメジ茸なのでおいしいはずである。

「ね、私は毎日、三度三度、あなたの好きなおかずを作っているつもりなのに一度もおいしいなんて言ってくれないのね。たまには褒めてくださいよ」

夫は不思議そうな顔をして、

「何年夫婦をやっているんだ！　おまえは俺の眼を見たことがないのか？　食事の時に、ああ、うまかったと思えば、おのずから俺の眼の色が嬉しそうになり、こんな手のかかったものをよく作ってくれた！と、いちいち口に出しては言わんけれど満足していることはわかるはずだ。それが夫婦だろう」

「だって、あなたは自分のことは見えないからわからないのでしょうけれど、私も明眸皓歯(めいぼうこうし)にはほど遠いけれど、あなたの眼って何か一本皺が深くなっていると思われるだけで開いているのか閉じているのか……だから眼の色なんてわかりゃしないわ。それにいつも眼の回りは眼鏡の太い黒い縁で囲まれているんですもの。なかなかその中までは覗けないわ」

夫は呆れたように口に含んだ湯呑のお茶をぐっと飲みほす。

「あーぁ、まったくおまえと話していてもバカバカしい。もうどうでもいいや」

と言って、手許の朝刊を引き寄せて読みはじめた。

私は夫と口喧嘩ぐらいするつもりでいたのに、夫がさっさと戦線離脱してしまったので張り合い抜けがしてしまった。

「相手にもしてくれないのね。本当に年寄り二人、これから先は何も刺激のない日が続くのね。娘たちは結婚したり独立したりで一緒にいないし世の中の人も年金生活の老夫婦という眼で見るから面白いことなんかなくて、毎日、あなたと二人でぼーっと生きていかなくてはならないのね。ああ、やだ、やだ！」

と言ったら、ちょっと新聞から眼を離して、

「ばかだな！　これから先もいろいろあるさ。厭なことの方が多いかもしれない。二人でぼーっとなんてしていられないぞ。人間生きている間は生存競争だからな。今にわかるよ……」

（何よ、大げさな！）

それにしてもはじめの会話とはだんだん違ってきて、情けない幕切れになった、と思った。


それから二ヵ月ほどは平穏無事な退屈な日が続き、梅雨期に入りじとーッという雨の日が続いた。そんなある日、夫は役所のＯＢのゴルフの会に一泊で行くと言って嬉しそうに、出かけて行った。私もひさしぶりの一人が嬉しく、（今日も明日も食事のことは心配しないでいいのだ！）とさっそく、新聞広告にあった新刊書を二冊買って来て、しまい忘れた炬燵のスイッチを入れ足を突っ込んで読みはじめた。

一冊はミステリーで一冊は料理の本である。ミステリーを読みはじめて三十分。私の好きな探偵さんが登場してシメシメと思っていたら玄関のベルが鳴った。厭だけどしかたがない。

玄関の扉を開けると郵便局の制服を着た中年男性が重そうな鞄を提げて立っていた。

すぐに名刺をくれた。私の「蜂須賀」のようにゴタゴタと画数の多い漢字ではなくて「林（ハヤシ）一（ハジメ）」と簡単なスッキリした名前で保険課の係長とある。

林さんは、玄関の敷台に置いた黒い鞄の中から何か書類を取り出して、

「お宅で十年前にしていただいた定額が満期になったのでお届けにきました」

と、五十数万円の入った封筒を見せた。

（そう言えば大分前にそんなことがあったな……あれからもう十年経つのか……）と思っていたら急にものすごいニコニコ顔になり、封筒はしっかり握ったままで「で、お願いがあるのですが」と言い出した。

「この満期になったお金で、さらに長い間、掛けられると思うのですが、御主人に簡易保険に入ってもらえないでしょうか。局長にもお宅にぜひ入ってもらえと言われてきたのですが……」

と、保険のことを説明しはじめた。

「これは保険に入る前の健康診断もいりませんし」

そこで急に声を小さくして、

「万が万が一、大変なことになった時、少しまとまったお金が入ると、本当にありがたいものですよ……」

顔をゆがめながら言う。

そしてそのあとも、他の特典をくどくどと並べはじめた。私はせっかく読みはじめたミステリーの続きが読みたくてしかたない。そして、とうとう彼の勧める保険に入ることになってしまった。彼は満面の笑みがこぼれるような態度でサッサと手続きをして、私が小さな金庫から取り出した定額の証書と引き換えに二ヵ月の掛け金を引いた現金といろいろな書類を置き、さらにタオル、ティッシュなどのサービス品を並べた。

「お勧めした甲斐があった。ほんとにほんとにありがとさんでした！」

私は茶の間に戻り炬燵に足を突っ込んで、やっと登場したハンサムな探偵さんの鮮やかな謎解きをワクワクしながら読んで大満足であった。

翌日、一日中降ったり止んだりの梅雨の日の夜遅く、夫が疲れ切ったような顔で帰ってきた。

「やっぱり月に一度か二度でもコースに出たり毎日練習場に行っている人にはかなわないな。とにかく前と同じように打っても飛ばないから、ついて行くのがやっとで、もう少しでブービー賞（下から二番目の者がもらう賞）だったよ。雨が降って寒かったしサンザンだ」

いかにも不機嫌そうだったので、私もあまり話しかけなかった。

皮肉なもので、その翌日は抜けるような梅雨晴れの良い天気である。庭の餌台に私が置いてやったパン屑に群がっている雀を見ていたら、

「あーぁ、くたびれていたのでよく眠ったな。あれッ、もう十時か……」

と、二階から夫が起きてきた。

疲れも取れたらしく、どうやら機嫌も良さそうなので一昨日の保険のことを話しておこうと思った。

食卓に御飯、佃煮、目玉焼きなどを並べて、「私、先に食べましたよ」と、台所から、温め直した味噌汁の椀を運んで行くと、夫がテレビの横に置いた「郵便局保険係長、林一」と書かれた名刺を手にして眺めていた。

「何だ、これは?」

「あ、それを話そうと思っていたのよ」

一昨日断るのも面倒だったのであなたの保険に入ってしまったと話したらみるみるうちに顔中が引きつってきた。

彼は食後のお茶を咽喉(のど)に流し込み、

「今すぐにこの林という人に電話して一昨日の契約は取り消しにしてくださいと言え！」

ものすごい剣幕である。

「だっていろいろと説明してくれたけれど良いことばかりだったし、掛け金も満期になった定額で間に合うって言ったから……」

「俺が電話するからいい！」

机を叩いて立ち上がった。叩いた音が大きかったので庭の餌台の雀までパッと散った。

夫は名刺を見て郵便局に電話して林さんを呼び出したらしく、ひそひそと話していたが、やっと電話を終えた。

「すぐに来るって言っていたよ！」

（せっかく、あんなに喜んで帰って行ったのに、会うのは厭だな……）

三十分後には門の外で気配がした。

「林です。一昨日はどうも」

会うのが厭でしぶっている私に代わって出て行った夫と何やら話している。

そして夫が茶の間に向かって、

「おーイ、ハンコを持ってこい。それと一昨日受け取った書類もだ！」

と、怒鳴った。

私がそれを持って、嫌々玄関に行ったら、

「一昨日はどうも。ダンナさん保険が大嫌いだとおっしゃるので解約の手続きをするのですが、あの時、私は無理にお勧めしませんでしたよね」

「そうよ、あなたが説明して下さったから良さそうと思って入る気になって……」

「ほら、奥さんの言う通り無理にお願いしたわけではないんですよ。私がいろいろと話したら、快く入ってくださったんですよ！」

「女房は面倒なことだと何でも簡単な方に同調する癖があるんだ！」

と、まったく憎らしいことを言う夫である。

林さんが書類に何か書き込みながら、言ってくれる。

「今、解約されるより三ヵ月後の方がお得なんですが……」

「いや、少しぐらい損でも今、解約して下さい。僕は保険が嫌いだから」

林さんは、もう何も言わなくなって、解約の手続きをして帰って行った。

林さんの後ろ姿が分厚い玄関のガラス戸から消えたとたんに夫が私に、叱るのではなく教えるように言った。

「おィ！　よく覚えておけ。人生死ぬまで生存競争だぞ！」

（何が生存競争よ！　一方的なわがままじゃないの！）

その後は、私が怒って一ヵ月ぐらい気まずい日が続いた。


それから六年後、夫は亡くなった。

そして、さらに十四年が経った。

十四年の間、いろいろなことがあったが、その時々に「人生は死ぬまで生存競争だぞ！」という言葉に励まされたり、考えさせられたりして大過なく今に至った。

今では私の大事な座右の銘である。

そして「生存競争だぞ！」という声とともに、眼には見えないけれど私の近くに夫の気配を強く感じることがある。

手根管症候群

夢を見ていた。何か恐ろしいものに追われ、体を右にひねって、それをかわしたら「どしん」と音がした。

ベッドから転げ落ちたらしい。と、その一瞬までは覚えているが、打ちどころが悪かったのか、そのまま失神してしまった。

後で聞くと、二階の自室で寝ていた次女が起きてきて、畳に転がっている私に気づき、三女に連絡を取って救急車を呼んだ。そのまま私をO病院に入院させたという。

春分の日の前日であった。

気がついた時、がらーんとした一人部屋で寝ており、いつの間に呼び寄せたのか、長女と四女とが加わり、四人の娘全員が揃っていた。

彼女たちは私が再起できないと思ったらしい。彼女たちの父親、つまり私の夫が亡くなって十三年の歳月が流れ、私は九十二歳になっていた。

病院の私のベッドを取り巻いていた娘たちはみな沈痛な表情で眺めている。私との付き合い方を後悔している娘もあって「お母様、私が悪かったのよ、ごめんね」と謝っている。

私は「なに、謝っているのよ」と問うたつもりでいたが、その時の私は酸素吸入器をつけられていたため、言葉にはならなかったようである。

とにもかくにも、私は一命をとりとめた。

それから一ヵ月の病院生活は本当に辛かった。明けても暮れても点滴の日々で、少し良くなってトイレに行けるようになっても、点滴液の入った袋を吊るした柱を引っ張り歩かねばならない。

そして、四月下旬、やっと退院できることになった。

退院した時の嬉しさといったらなかった。車の中からは、しばらくぶりに見る街の景色の新鮮さに見とれてしまった。わずか一ヵ月、留守にしただけの家なのに「ああ、これもある」と確かめられて、我が家ほど良いところはないと思ったものだ。

しかし、その感激も退院当初だけのもので、十日も経たぬうちに、今度は両手の指先が強く痺れていることに気づいた。痺れそのものは病院生活の終わり頃にもあり、毎朝検温に来る看護師さんに「どうなんでしょう？」と尋ねたことがある。

「長く寝ておられると、そういうことも時々ありますよ」

そう言われていたので、あまり心配はしていなかった。それが家に帰って四、五日経ってから、とくに夜明け近くになると指先の痛みで眼が覚めるということが続いたのだ。

それで娘に相談し、再びO病院の整形外科に連れていってもらった。

担当の医師は一目で「手根管症候群ですね」と見て取った。

「中年以降の女性に多い病気ですよ」

あまり恐ろしい病気ではないものの、治療しないでいると指が動かなくなることもあるという。軽ければ手術しなくても治る可能性があるが、私の場合はかなり進んでいるのでメスを入れなくてはならないだろう、と。

そして、手術前の予備検査を受けることになった。

予備検査の前に、三女が新聞や雑誌から手根管症候群に関する記事を切り抜いて持ってきてくれたので熱心に読んでおいた。

それによると、「何らかの原因で手根管内を通っている正中神経が押されて圧迫されると、手指の痛みや痺れなどが起きる」そうだ。「夜明け頃に痛み、寝不足になる場合も多い」とある。

がっかりではあったが、予備検査を受けて、まずはそれから一ヵ月後の左手の手術の日を待つことになった。

手術の日に朝食は食べないよう言われていたので、それを守って、迎えの車に乗り込んだ。簡単な手術だと聞いており、日帰りの予定であった。

病院に着くと、手術着をつけ、車椅子で手術室に運ばれていく。いくら軽い手術だといっても、こちらは九十二歳の年寄りなので何となく不安も胸に湧いてきた。胸から下げた厚紙には、大きく「左手」と書かれてあった。

左手の消毒がすむと「麻酔の注射をします」と担当のO先生の声がして、ずぶりと左の掌に直角に注射針が入った。

その痛いことといったら……「あっ、痛い！」と叫んで、体を回転させて逃げようとしたほどだった。もちろん、逃げられやしない。看護師さんが二人ほどで私の体を押さえ付けた。

どうやら、この時に血圧が上がってしまったらしい。

あとで、手術室の外で待っていた娘から聞いたところによると、手術が終わってからO先生が手術室から出てくると、怖い顔で娘を呼び寄せた。娘は、その顔つきから、私の容体がかなり悪いと思ったそうだ。が、先生は手術はうまくいったと告げ、「ただ血圧がねえ……」と説明してくれた。

「二百五十近くに上がってしまったんですよ。今は下がっていますが、何かあるといけないので、今夜だけでも病院に泊まっていったほうがいい」

そのようなわけで、私はまたしても病院の一室で眠り、翌朝、家に帰ることになったのだ。もう手術はこりごりと思ったものの、肝心の右手が残っている。指は痺れたままだった。やむなく左手の手術から一ヵ月後、また手術室に入ることとなった。今度は、左側に小型のモニターがあり、手術の模様が映し出されていた。鋭いメスが皮と肉との間を上手にくぐっていく様が見えた。

なお、右手の手術では、どういうわけか麻酔の注射がはじめの時ほど痛くない。どうしてだろう。手術後の診察の時に尋ねてみた。

「今回の注射は全然痛くなかったんですが、左手の時の注射の針は太いのを使ったとか、そんなことはなかったのでしょうかね?」

すると、O先生は、笑いながら、

「そんなことあるわけないですよ。注射もメスも全部同じものを使ってるんだから。あなたの心構えが違ったということじゃないんですか」

いいや、そんなはずはない。あれは心構え程度の痛みの違いではなかった。棒で殴られるのと平手で叩かれるぐらいの違いはあったのだ。あの痛さは今でも忘れない。

その後、いろいろと推測しているのだが、掌に針を刺す位置の違いで痛みが異なるのではないかというのが、とりあえずの結論だ。さて、実際のところはどうなのだろう。

あとがき

平成二十三年八月二十一日に私は「卒寿」を迎えました。卒寿というのは九十歳の別称で「卒」という字の意味は何かが終わったことを表すらしく、たとえば、学業が一応終わったことを卒業というのです。卒寿の私はもう人間を卒業するのかと覚悟していたら、まだまだ上に白寿というのがあって安心しました。

「卒寿記念に二冊目の随筆集でも出したら？」と娘たちが勧めてくれますが、齢九十歳ともなると、友人、知人はほとんど彼岸に住み替えてこちらにいる人たちも病気や老いと対峙していて視力の落ちた眼を無理に開けて、辛いのに素人の雑文なんか読む気にならないだろうと二冊目など出す気にはなれませんでした。

昭和四十年頃、産経新聞社が後援している「随筆三昧」という会があって重村力先生が随筆の書き方を指導していて私も入会しました。会員は毎月原稿用紙三枚までの作品を提出して合評会の日には先生が選んだ五篇ほどの随筆について批評し合います。俎上に載せられた自分の作品がみなに酷評され怒ったり涙ぐんだりしますが、最後の先生の講評に「なるほど」と納得することが多かったものです。

はじめての出版である『亭主のいる風景』は合評会の厳しい洗礼を受けたものを主に並べたので、ある程度の水準に達しているという安心がありました。

ただ、今、二冊目の随筆集を出すとなると書き溜めたものがあるわけではなく重村先生も亡くなられ会も散会したので頼る人もなく出版など考えていませんでした。

でも私には試してみたいことがありました。随筆の会では文の贅肉を削ってすっきりした文を書くことに力を入れていたのですが、一度ぐらいは誰にも指図されずに気の向くままに長い文章を書いてみたいと思っていました。

そして戦時中疎開先で短期間勤めた代用教員の思い出を書きはじめました。二、三行で行き詰まるのではないかと思っていたのに次から次と書くことが浮かんできて気がついたら原稿用紙の十三枚目を書いていました。びっくりして読み返してみたら文章は少し冗漫ではあるけれど構成はあまり外れてはいないので安心しました。

だからあとはのんびりと気ままに書きました。

のんびりしすぎたのでしょうか。本書にも書いたとおり、平成二十五年には病に倒れて、まさに生死の淵を歩くことになってしまいました。そこから、「生」の方に転がり落ちてきたのは、この本を完成させるために働いた何ものかの力だったのかもしれません。

作者の気持ちが読んだ人に移って、少しでものんびりされたり面白がったりされたら嬉しいことです。

最後に、この本を作り上げるうえでお世話になった人たちに深く感謝致します。

亡き夫の命日、共に過ごした日々に思いをめぐらせながら。

由記

平成二十七年一月二十七日

著　者
蜂須賀由記（はちすか　ゆき）

本名、蜂須賀静。大正10年東京都台東区浅草小島町生まれ。

嘉悦学園、東京栄養専門学校に学ぶ。昭和21年運輸省に勤務する蜂須賀國雄と結婚。

昭和45年随筆「十四の鈴虫」で第24回辰野隆賞、昭和61年NHK全国短歌大会で秀逸賞受賞。

俳句結社「雪解」などで句作も行なう。

俳人協会会員。日本書道教育学会書学院会員。

著書に『亭主のいる風景』、『句文集　木の実ごま』がある。

下町暮色

2015年3月22日第1刷印刷

著　者　　蜂須賀由記

発　行　　くろにか舎
〒188-0011　東京都西東京市田無町3-1-15-204
TEL. 042-461-6262　FAX. 042-461-6263

発　売　　はる書房
〒101-0051　東京都千代田区神田神保町1-44　駿河台ビル
TEL. 03-3293-8549　FAX. 03-3293-8558
振替口座 00110-6-33327　http://www.harushobo.jp/

組　版　　吉夏社
印刷・製本　　中央精版印刷

ISBN978-4-89984-148-7
PRINTED IN JAPAN